JN223110

違うから、
人は人を想う。

もしあなたと誰かが、
全く同じ考えの持ち主だったら、
それはつまらない。
二人の間に新しい発見は何もないだろう。
人と人は違う。
同じ人は一人もいない。
違うからおもしろい。
違うから視野が広がる。
違うから互いに成長できる。

違うから、人は人を想う。
その想いが通じ合うことで、
世界は広がっていく。
そして、一つになっていくのです。

想うた

Omouta

Kazu Kano
Makoto Shinohara

篠原誠 原案
叶野和 小説

※本書は、2018年〜約4年間展開していた
JTのCMシリーズ「想うた」を原案とし、
オリジナルの連作短編集として書き下ろしたものです。
※各章トビラの裏面の文章は、キヨサク（MONGOL800）の楽曲
「想うた」の歌詞（作詞：篠原 誠）の引用です。

制作協力……JT、電通
イラスト……酒井 以
デザイン……アルコインク
編集協力……suzu（蓮見恵子）、原郷真里子、相原彩乃
DTP……四国写研

目次

プロローグ

〈6月26日〉

【ゆうと】こんにちは、村上です。映画のチケットが当たったんだけど、よかったら一緒にどうかな？

――これって、デートかな？

二宮遥はスマートフォンを抱え込んで、ベッドの上をごろごろと転がった。そうでもしないと、大声で叫び出してしまいそうだった。

メッセージアプリで連絡をくれた「ゆうと」――村上優人とは、先週知り合った。きっかけは、美容専門学校で仲良くなった友人からの誘いだった。それぞれが自分の知り合いを誘ってグループで遊びに行くという企画に、遥も参加したのだ。

行き先は、地元の松山に最近できたばかりのアミューズメント施設。ゲームセンターやボーリング場、バッティングセンターにフットサルコートなど、体を動かして遊べる設備がそろっている遊び場だ。入場料金を払えば、丸一日遊び放題なので、学生の自分たちの懐にも優しい。

参加したメンバーのうち、幹事の友人以外は全員初対面だったから、初めはかなり緊張した。

よく知らない相手とすぐに仲良くなれる性格ではないことは、自分でもわかっている。それでも、チームに分かれてスポーツ対決しているうちに、だんだんと打ち解けることができた。

特に優人とは、最初から普通に話すことができた。多分、何となく自分と似た雰囲気を持っていたからだろう。優人は大学生、遥は専門学校生という違いはあったが、お互い2年生で年齢も同じ。社交的というよりは内向的で、「自分が自分が」と前に出るのではなく、肝心なところで一歩後ろに下がってしまうところにも親近感が湧いて、初対面の人との会話でありがちな気疲れを感じなかった。人見知りの遥には珍しく、また会いたい、もっと話してみたい、と思った。

優人の連絡先は、メッセージアプリのグループトークで知っていた。けれど、なかなか連絡する勇気が出せず……迷っているうちに1週間が過ぎてしまい、すっかりタイミングを失ってしまったことを後悔していたのだ。

それがまさか、優人のほうから連絡が来るなんて！

遥は深呼吸してから、返信を打った。

【はるか】誘ってくれてありがとう！　映画、ぜひ行きたいです。いつですか？

仰向けに寝転んで、画面をオフにしたスマートフォンを胸の上に置く。ほんの短いメッセージを打っただけなのに、心臓がドキドキしている。

そういえば、あの時も優人には驚かされた。

それは、みんなでたっぷり体を動かして遊んだあとに入ったカフェでのことだった。看板メニューはオリジナルのスムージーで、味は全部で7種類もあり、どれを飲むかでみんなが盛り上がった。

全員分のスムージーと軽食の注文を受けて立ち去ろうとした店員を、遥の向かいに座っていた優人が呼び止めた。そして、店員からメニューを受け取り、遥の前に差し出した。

「え？」

「寒そうだから……。温かい飲み物にしなくて、大丈夫？ 冷たいのを飲むんだったら、席、替わろうか？」

「……ありがとう」

メニューを受け取りながら、遥は驚いていた。

確かに、遥の席は空調の風が強く当たる場所で、半袖では肌寒かった。スムージーなんて飲んだら、ますます寒くなるのはわかっていたけれど、自分だけほかのものを注文するのも気が引けて、みんなと同じスムージーを頼んだのだ。本当は、温かいものを飲みたかった。

優人の気遣いに甘えて、遥は注文をホットティーに変え、改めてお礼を言った。優人は、照れくさそうに笑った。

そのまま話しているうちに、同い年ということもわかって、初対面の異性相手には珍しく、緊張もせずに会話が弾んだ。でも、途中で遥がお手洗いに立ったタイミングで席が替わってからは、一度も話せないまま解散になってしまった。

あとで、遥は「自分ばかり話してしまった」「楽しかったのは、自分だけだったかも」と少し落ち込んだのだけれど……優人のほうから連絡をくれて、映画にも誘ってくれたということは、優人も遥と過ごす時間を楽しいと思ってくれたのかもしれない。きっとそうだと思いたい。

「……よし」

遥は、勢いをつけて起き上がった。そして、もう一度、スマートフォンにメッセージを打ち込んだ。今度は、さらに勇気を振り絞る。

【はるか】映画は、2人で、だよね?

〈7月12日〉

【はるか】今日は、ありがとう。映画、面白かったね！　今日入れなかったあのカフェ、調べてみたら、来週以降なら予約できそう。よかったら一緒に行かない？

――どう考えても、デートの誘いだよな？

風呂上がりの濡れた髪を拭くことも忘れ、優人は何度も瞬きして、スマートフォンの画面を見つめた。見間違いではない。

遙とは先月、友人に誘われて、グループで遊びに行った時に初めて会った。地元に新しくできたアミューズメント施設で遊んだあとに入ったカフェで、偶然近くに座ったのが遙だった。

遙は、初対面とは思えないくらい自然体でいられる相手だった。専門学校の授業のことや、友人の微笑ましいエピソードを楽しそうに話し、優人の話も興味を持って聞いてくれる。2年制の専門学校で美容師になるため学んでいるという遙は、9ヵ月後の卒業や就職についてもきちんと考えているようで、大人びて見えた。

ずっと話していたかったのに、途中で席が替わってしまい、その日はそれ以上話すことができなかった。それで思い切って、自分から遙に連絡することにした。

そう決意してからも、すぐ行動できたわけではない。さりげないきっかけがなかなか思い浮かばず、あっという間に1週間が経ってしまった。これ以上もたもたしていたら、自分のことを忘れられてしまうかもしれない。悩んだ末に、映画のチケットが当たったことにして、メッセージを送った。

遙からは、すぐに「ＯＫ」の返事が来た。しかも、あとから、「2人で、だよね？」という追伸も来た。

——これ、向こうも好意を持ってくれてるって思っていいよな？

浮かれすぎるな、と自分に言い聞かせながらも、つい期待が高まった。

しかし、いざ映画のチケットを手配する段になって、優人は次の壁に突き当たった。

——つまらない映画を選んだら、センスがないって失望されるかも。

——恋愛映画は、下心が見え見えかも。

さんざん考え、消去法で選んだ映画は、「ダブルオーナイン　私が愛したスパイ」。何十年も続いている人気シリーズの最新作だ。チケットをインターネットで予約してから、優人はふと不安になった。

ちょっと待てよ。これは、初めてのデートにふさわしい映画か？　万人向けの話題作には違いないが、お調子者のスパイが活躍するカンフーアクション映画だ。子どもっぽいと思われてしまうのではないか……。

しかし、そんな優人の不安をよそに、遙は映画を楽しんでくれたようだった。気を遣ってくれただけかもしれない、という可能性には目をつむった。

映画のあとは、あらかじめ調べてあったカフェに行く予定だった。最近オープンした店で、客が自分でトッピングをカスタマイズできるパフェが話題になっている。スイーツ好きの優人自身も、ぜひ行ってみたいと思っていた。

けれど、店の人気は優人の予想以上だった。映画が終わったのがちょうどティータイムだったこともあって、店の前にはずらりと行列ができていた。入り口には、「予約なしの場合は2時間待ち」という掲示までされていた。それでその店はあきらめて、別のカフェに入ったのだが……遙は「予約してないの？」などと不満を言うこともなく、「残念だったね」と優人を気遣ってくれた。

しかし優人の最大の失敗は、映画でもカフェでもない。デート中に次の約束を取りつけられなかったことだ。もし次のデートに誘って、気まずそうな表情や困った顔をされたら……そんなネガティブなことばかり考えてしまい、結局、誘いの言葉を口にできないまま、デートを終えてしまった。

次はどんな風に誘えばいいのだろう？　と悩んでいたところに、遙からのメッセージが届いたのだ。

優人は深呼吸してから、返信を打った。

【ゆうと】調べてくれてありがとう。オレも、一緒に行きたいと思ってた。予定、いつ空いてる？

〈8月12日〉

【はるか】今日も送ってくれてありがとう。今、電話で話せる？

【ゆうと】うん

【はるか】さんが【ゆうと】さんに電話をかけました　通話時間20：14

電話を切ってからも、遙はまだ夢見心地だった。ベッドに座っていた体をぱたりと横倒しにして、布団に顔をうずめる。

もう連絡をすることにためらったり、悶々と悩み続ける必要はない――優人と恋人になった実感に、じわじわと胸が熱くなる。

今日は、優人との3回目のデートだった。昨日の夜から、遙はそわそわする気持ちを抑えられなかった。「2人で会うようになって、3回目までに告白がなかったら友達止まり」などと、友人から吹き込まれたせいだ。

フードフェスティバルで食べ歩きをして、海沿いの公園を散歩して、お洒落な雰囲気のレストランに入って――何事もなく食事を終えて外に出た時には、遙が密かに抱いていた期待はすっかりしぼんでいた。

3回目のデートだからといって、告白を意識して勝手に緊張していた自分が恥ずかしい。優人は、デートの回数なんて気にしていないのかもしれない。それとも、好きなのは、わたしだけなのかも……そんな不安がむくむくと膨らんでいった。

でも、どうしても、このまま曖昧な関係ではいたくなくて。レストランから駅に向かう途中、遠くに駅の明かりが見えてきたところで、遙は勇気を振り絞った。

――付き合ってください。

その瞬間、心臓がばくばくと大きく鳴り響いて、優人にも聞こえてしまうんじゃないかと、馬鹿なことを考えてしまった。

でも、はっとして遙を見た優人の真っ赤な顔に、不安は一瞬で吹き飛んだ。

きっと同じくらい赤い顔をした遙に、優人は緊張した表情で言った。

――オレのほうこそ、よろしくお願いします。

今もまだ、いつもより速い鼓動が続いている。でも今のそれは、不安でも緊張でもない、心地よい胸の高鳴りだ。

これからは、メッセージを送るのに言い訳がましい理由は必要ないし、電話だってしていいし、会いたいって言ってもいいんだ。だって、恋人だから。

始まったばかりの恋愛に、浮ついている自覚はある。優人のことを相談していた友人には「付き合う前がドキドキのピークだよ」「マンネリにならないように気をつけないとね」なんてからかわれたけれど、今は、先のことなど考えられない。

このほかほかした気持ちを、いつまでも楽しんでいたかった。

〈3月31日〉

【はるか】国家試験受かった！　よかったぁ

【ゆうと】おめでとう。これで遙も美容師か。落ち着いたら、合格祝いしよう！

【はるか】ありがとう。でも、試験に受かっただけじゃ、まだ美容師とは言えないから、これからもっと頑張る！

メッセージから、遙の安堵とやる気が伝わってくる。

優人はメッセージアプリを閉じた。試験の前も後も「遙なら大丈夫」と励まし続け、実際そう信じていたが、嬉しい知らせが届いて、優人もようやくほっとすることができた。それにしても、「試験に受かっただけじゃ……」なんて、頑張り屋の遙らしい。

遙はこの3月で、専門学校を卒業した。すでに地元のヘアサロンに就職が決まっているので、4月からは優人より一足先に社会人だ。

遙が試験に受かったことも、美容師になるという目標に近づいていることも、自分のことのように嬉しかった。ただ、これからの環境の変化にまったく不安がないと言えば、嘘になる。

ヘアサロンに勤める遙は、専門学校に通っていた時と違って、土日も出勤することになる。大学生の優人とは、生活リズムが合いづらくなるだろう。そして優人も、4月に大学3年生になり、夏を過ぎれば就職活動を始める。

遙にはまだ伝えていないが、優人は東京での就職を目指している。説明会や面接で、東京に行くことが増えるはずだ。大学の授業や試験も手を抜けないから、時間のやりくりに追われることになるだろう。今までのように、会いたい時に会えるわけではなくなる。

そして、もし東京での就職が決まったら――当然ながら、優人は上京することになる。その時、遙とはどうなるのだろうか？

遠距離恋愛、という言葉が頭をかすめる。松山から東京まで、電車と新幹線を乗り継いで6時間、飛行機なら1時間半。幸い、地元から空港までは、そう時間がかかるわけではないが、移動の費用のことを考えると、頻繁に行き来するのは難しい。

そうなった時、自分たちは――。

優人は、それ以上考えるのをやめた。だいたい、就職なんてまだ2年も先の話だ。就職活動が始まってもいないのに、「もしも」を考えても仕方ない。

自分たちは、きっと大丈夫だ。優人は遙とずっと一緒にいたいと思っているし、遙も同じ気持ちでいてくれているはずだ。胸に宿った不安を強引に打ち消して、優人は遙の合格祝いのためのレストランを予約することにした。

〈10月26日〉

【ゆうと】ごめん、あと15分くらい。待ってて
【はるか】わかった、気をつけてね。就活フォーラム、どうだった？
【ゆうと】思ったより混んでた。でも、いろんな企業の話が聞けて面白かったよ

混雑した改札口から少し離れた場所に立ち、遙は優人からの返信を読んだ。日が沈み、辺りは暗くなっていて、スマートフォンの画面のバックライトがまぶしかった。
今日は、遙の仕事は休みだ。優人は、地元で開催された合同企業説明会に朝から出かけていた。待ち合わせの時間はとっくに過ぎているが、就職活動の大変さは遙もよくわかっているつもりだ。

大学3年生の夏を過ぎてから、優人は就職活動に励んでいる。優人が聞かせてくれる説明会やOB訪問の話は、遙がまったく知らない世界だから、新鮮で楽しい。

ただ、時折、優人は話しながら表情を曇らせる。いつも面白い話ばかりを聞かせてくれるが、先が見えないことに不安もあるだろうし、学業と就職活動とアルバイトをやりくりするのも大変なはずだ。今はまだ説明会の段階だが、書類選考や面接が始まればもっと忙しくなるし、選考の結果に一喜一憂することになるだろう。

――愚痴だって、いくらでも聞くのに……。話してもらえないことが、もどかしい。でも、優人の気持ちもよくわかる。自分も、優人に愚痴は聞かせたくないと思うから。

だからせめて、自分といる時は、優人には楽しい気持ちでいてほしい。

時計に目をやり、もうすぐ来るはずの優人を探して、遙は周囲を見渡した。

〈5月20日〉

【ゆうと】ごめん、明日、説明会の予約が取れたから行ってくる。夜からは会えると思う

【はるか】わかった。頑張ってね！

遥から笑顔の絵文字が添えられたメッセージが送られてきて、優人の気持ちは逆に重くなる。自室のベッドに突っ伏して、スマートフォンを放り出した。

本当なら、明日は昼から遥と会うはずだった。しかし、予約が取れなかった企業の説明会にキャンセルが出て、急きょ参加できることになった。今回が最後の説明会だから、このチャンスを逃したら次はない。遥には申し訳ないけれど、今は説明会が最優先だ。

始まったばかりの時は楽しいこともあった就職活動だが、今は焦りしかない。説明会の空席の争奪戦は激しく、書類選考さえ通らずに落ち込み、選考を兼ねたグループワークでは思うように振る舞えない。選考で落ちるたびに「自分」を否定された気持ちになり、面接官にアピールする「自信」などすっかり枯れ尽くした。

遥は優人より先に就職活動を経験しているが、今の状況を相談する気にはなれなかった。美容業界と一般企業では内容も形式も違うだろうし、説明してもうまく伝わらない気がする。何より、みじめで情けなくて、最近は就職活動の話をしないようにしている。

自営業を営む親には、相談どころか、話題にすることすら避けている。今の就職活動についてよく知らない両親に、下手に慰められたり、励まされたりしたくなかった。「就職できないなら、店を継げ」と言われることも怖かった。

オレは、大丈夫なんだろうか。ちゃんと就職して、社会人になれるんだろうか。遙は働いて自立しているのに、オレは——。

何十回も繰り返した堂々めぐりに、またもや迷い込んでしまう。優人は目を閉じて、ため息を飲み込んだ。

〈8月28日〉

【ゆうと】内定出た

【はるか】さんが【ゆうと】さんに電話をかけました　不在

【はるか】おめでとう！

【ゆうと】ありがとう

よかった、本当によかった。

誰もいないヘアサロンの休憩室で、遙は深く息を吐いた。こんなにほっとしたのは、自分の国家試験の合否を確かめた時以来だ。

就職活動について、最初の頃はいろいろと話をしてくれていた優人だったが、最近ではほとんど話題にしなくなった。だから、うまくいっていないことは、何となく察していた。大学を卒業して一般企業に就職するつもりの優人と、専門学校から美容師の道に進んだ自分では、就職活動の方法が違いすぎて、アドバイスもできず歯がゆかった。説明会や面接のために会える時間が減るのは寂しかったが、今が優人の大事な時期なのだと我慢した。

予定が合いづらくなったのは、遙のほうにも理由がある。ヘアサロンに就職してから、生活リズムが大きく変わった。朝から晩まで立ち仕事で、週末も出勤。サロンに就職したといっても、今はまだアシスタント。スタイリストを目指すなら、技術を磨くための自主練習も欠かせない。時間も精神的余裕もなく、体も心もヘトヘトになる毎日を過ごしている。

就職活動が本格化するまでは、優人が、「オレのほうが融通が利くから」と予定を合わせてくれていた。しかしだんだんと、一緒に過ごせる時間は減ってきている。

そして、来年——優人が働き始めてからのことを考えると、遙は不安に駆られる。

優人が会社員になったら、きっと休みは週末だろう。今までのように、サロンの定休日の火曜日にデート、というわけにはいかない。夜に会うにしても、ヘアサロンの閉店時間は夜9時で、片付けやミーティングもあるから、実際に退勤するのは10時を回ることも珍しくない。そのあとから会っても、一緒にいられる時間は限られてしまう。

それに……遙には、ずっと気になっていることがあった。

就職活動が本格化する少し前、優人が「東京で就職したいと思ってるんだ」と言ったことがあった。遙が「それって」と聞き返すと、優人は「まあ、ただオレがそう思ってるってだけだし、どうなるかわからないけど」とにごして、話題を変えてしまった。そのあとから優人は就職活動の話をしたがらなくなったから、遙もその話を蒸し返すことができなかった。

あの時言っていたことは、本気なのだろうか？　今回内定をもらった会社は、もしかして、東京の会社なのだろうか？

聞きたいのに、メッセージを打ち込む指はためらいで止まってしまう。

もし本当に、優人が東京で就職したら……わたしたちの関係はどうなるんだろう？

遙には「別れる」なんて考えは欠片（かけら）もないが、優人がどういうつもりなのかはわからない。

もし、優人が……。

――やめよう、と、遙は両手で頬を軽く叩いた。

そんなことより、今は優人の内定獲得をお祝いしよう。もし優人がその会社への入社を決めているなら、就職祝いだ。

遙が国家試験に受かって、今のサロンで働き始めた時、優人がしてくれたように――明るい未来の話をしよう。

そう自分に言い聞かせて、遙はメッセージを返信した。


【はるか】落ち着いたら、お祝いしようね！

〈10月2日〉


【はるか】昨日は、内定式お疲れ様。東京観光した？

【ゆうと】時間がなくて、飯食っただけ。今日の夜、電話できる？　話したいことがあるんだけど

【はるか】いいよ
【ゆうと】さんが【はるか】さんに電話をかけました　通話時間46：24

優人は暗い気持ちで電話を切った。

——ごめん、今、冷静に話せない。ちょっと時間が欲しい。

遙のせっぱ詰まった声が、耳に残っている。

始めは楽しい通話だった。昨日は、優人が入社を決めた会社の内定式だった。東京の本社で行われた式の様子や、そのあとの懇親会で交流した未来の同期の話を、遙は楽しそうに聞いてくれていた。

けれど、優人が本題を避けていたことは伝わっていたのだろう。少し間が空いた時に、静かな声で「話って？」と促された。

それで、優人もようやく切り出した。

「内定式のあと、配属の話をされて……4月から、東京で働くことになった。もし、もし遙さえよかったら、一緒に東京に」

「無理だよ！」

悲鳴のような一言だった。

「遥、聞いて」

「無理だよ！　そんな、急に言われたって！　わたしだって、今のお店で、ちょっとずつだけど認めてもらって、頑張ろうって思ってるのに」

「……でも、遠距離になったら、今みたいには会えなくなるだろ」

遥が今のサロンで頑張っていることは、優人だって知っている。

でも、頭ごなしに否定しないで、少しは考えてほしかった。どうしてわかってくれないんだ、と言いたくなる。

東京と松山は、遠い。

今のように、遥の仕事のあとに少しだけ会うとか、大学に遊びに来た遥と学食を一緒に食べるとか、そんなちょっとした会い方もできなくなる。

だからこそ、遥にも考えてほしかった。一緒に東京に来るという選択肢を。

少し沈黙してから、遥はぽつりと言った。

「もしかして、そうなのかなって思ってた。優人が就職する会社の本社が、東京にあるって聞いた時から……上京するつもりなのかなって。でも、優人、何も言わなかったから、わたしも聞けなかった。本当は、ずっと不安だった」

「それは……ごめん。もっと早く言うべきだって、わかってたけど」

つい、話す機会を逃してしまった。優人が入社する会社には大阪支社もあるが、新入社員は原則東京本社に配属になる予定だと、事前に説明されていた。それでも、「まだ正式決定ではないから」と、話すのを先延ばしにしていた。遙とのこれからの関係に、真正面から向き合う心の準備をできずにいた。

電話の向こうで、遙がため息をついた。

「わかってたなら、どうして何も話してくれなかったの？　それでこんな急に……。わたしの仕事なんて、簡単に辞められるものだって思ってる？」

「そうじゃない、本当にごめん、でも」

「優人の考えてること……わかんなくなっちゃったよ」

遙の声は、疲れていて、悲しそうで、優人は、返す言葉が見つからなかった。

遙の言う通りだった。優人は全部わかっていて、それでも「東京で働きたい」という自分の希望を優先したのだ。都合の悪いことから目を背けて。

「遙、オレは……」

「ごめん、今、冷静に話せない。ちょっと時間が欲しい」

その言葉を最後に、電話は切れた。


〈10月3日〉

【ゆうと】昨日はごめん
【はるか】ううん、わたしこそ。ちょっと、混乱しちゃって。ごめんね
【ゆうと】今日、話、できる？
【はるか】うん
【ゆうと】さんが【はるか】さんに電話をかけました　通話時間2：28：13

これでよかったのかな。

長い時間電話していたせいで熱くなったスマートフォンを両手で握りしめて、遙は思う。

わたし、頑張れるかな。

ううん、頑張らなくちゃいけない。あとから振り返って、「あの時の選択は間違いじゃなかった」と思えるように。

だってこれは、2人で決めたことなんだから。

スマートフォンの画面に、ぽつりと涙が落ちた。

これでよかったのかな。

スマートフォンを持った片手を投げ出して、優人は部屋の天井を見上げた。

遙は——電話の向こうで泣いていた。

「ごめん」と謝る優人に、「優人のせいじゃないよ」と言ってくれた。「わたしも頑固だから、お互い様だよ」と、力強く言い切った声は震えていた。

優しくて、頑張り屋で、本当は泣き虫なのに、優人を心配させないように強がってみせる。

そんな遙を大事にしたい、支えたいと、思っていたのに……。

それでも、今の優人にできるのは、前に進むことだけだ。

この選択を、後悔なんてしないように。

〈3月20日〉

【はるか】卒業おめでとう。引っ越しの準備、順調？

【ゆうと】ありがとう。うん、何とか

【はるか】そっか。よかった

昼の休憩時間、ヘアサロンの近くのコーヒーショップからの帰り道で、遙は優人にメッセージを送った。

働き始めてから、季節が移り変わるのがあっという間に感じられる。気がつけば、日差しは温かく、風に青葉の香りが混ざる季節になった。

袴姿ではしゃいでいる女子学生たちとすれ違う。この季節、ヘアサロンの予約表は、卒業式向けの着付けとヘアセットでいっぱいだ。

きっと、優人の大学の卒業式も、咲き始めた桜に彩られていたことだろう。

遙は晴れた空を見上げた。

優人は今月末、松山を出て、上京する。遙のそばを離れて、遠くに行ってしまう。

それでも、「続ける」と決めたのだ。松山と東京、何百キロメートルという距離を隔てた、遠距離恋愛を。

東京でも、もう桜は咲いているのかな。

〈3月28日〉

【はるか】引っ越しお疲れ様。もう、東京の家に着いたかな。優人が東京で就職するって聞いてから今日まで、あっという間だった気がする。今もまだ実感はないけど……。お互いに、今の場所で頑張ろうね。一人暮らし、体に気をつけて、無理しないでね

夕日が差し込む部屋の床に、優人は座り込んだ。今日から暮らし始める狭い部屋のあちこちに、荷解きを待つ段ボール箱が積み上がっている。

優人は大学も実家から通っていたから、一人暮らしをするのは初めてだ。狭いながらに「自分の城」を持ったという興奮と、自分以外の気配がない空間への違和感が入り混じって、落ち

着かない。

　そんな時に届いた、遙からのメッセージだった。

　実感がないのは優人も同じだ。自分が社会人になることも、ずっと憧れていた東京で働けることも――遙が、そばにいないことも。

　遙の声が聞きたい。

　通話の発信ボタンに伸びかける指を、元に戻す。

　遙は今、松山のヘアサロンで、スタイリストを目指して頑張っているのだ。自分だけ甘えるわけにはいかない。

　2人で決めたのだから。離れていても、お互いを想う気持ちをつないで、乗り越えていこうと。

　優人は深呼吸して立ち上がった。

　東京での、新しい生活を始めるために。

第1章

愛する人を想う

いつも聞かれる　大丈夫なの
いつも答える　大丈夫だよ
距離があっても　今の時代は
すぐにつながる　いつでもどこでも

仕事もあるし　友達とかもいるから
ずっと離れていても　大丈夫だよ
寂しくなったとしても
慣れっこだから

でも本当は　本当の本当は
会いたい時にすぐに会いたい
変わらない保証　彼にないように
変わらない保証　私にもない

あなたは全部　知ってるのかな
前触れもなく　突然やってきて
いつものように　優しい声で
いつものように　聞いてくる

大丈夫か
嗚呼

「それってさ、もう恋愛の賞味期限が切れたんだよ」

背中合わせの席から聞こえてきた言葉が、二宮遙の胸をすっと冷たくした。

店員からデザートを受け取る手が揺らぐ。綺麗に盛り付けられたチョコレートアイスクリームが、器の中でつるりと滑った。

すぐ後ろで交わされる会話は、容赦なく遙の耳に飛び込んでくる。

「えー、そんなことないよぉ」

「そんなことあるって」

不満そうに言い返した甲高い声に、きりりとしたハスキーボイスが答える。どちらも女性の声だ。

「だって、もう1ヵ月も会ってないのに、一度も彼氏のこと考えないって。それって、もう好きじゃないでしょ」

「そうかなぁ……」

「もうやめちゃえば？　終わった恋愛なんて、溶けたアイスと同じなの。いくら未練がましくつつき回しても、もう元には戻らないんだよ」

「ニノ？」

急に自分を呼ぶ声が耳に飛び込んできて、遙ははっと顔を上げた。

「大丈夫？　アイス、溶けるよ？」

向かいの席に座った吉田将喜が、遙の手元の白い器を指さす。少し歪んだ半球型のアイスクリームが、にじむように溶け始めていた。

「ああ、うん……大丈夫。由衣が戻ってくるまで待つよ」

「そっか。あいつ、遅いな」

「そうだね……。あっ」

言いかけたところで、店内を小走りで横切ってくる桂木由衣と目が合った。

「お帰り、由衣」

「ただいま。トイレすごく混んでて、時間かかっちゃった……あ、デザート来てる！　可愛い！」

由衣は将喜の隣に座り、目を輝かせた。

テーブルに並ぶ3人分のデザートは、それぞれ見た目と味が違っていた。遙の分は、ミルクチョコレートのアイスクリームに、オレンジ色のカボチャ形の小さなチョコレートが添えられている。由衣の皿には、紫芋のアイスクリームにコウモリをかたどったピンク色のチョコレート。将喜に配られたのはホワイトチョコレートのアイスクリームで、飾りはブラックチョコレートの黒猫だ。

「凝ってるよね。ハロウィーンまで、あと1週間だもんね」

遙は、ハロウィーンの飾りが目立つ店内を見渡した。

アメリカ発のダイニングカフェ「DINER PARAISO」の、四国での第1号店であるこの松山店は、開店から数ヵ月経つ今も予約なしでは入れないほどの人気だ。夜10時を過ぎた今も店内は満席で、陽気な音楽やお喋りの声で賑わっている。

「ねぇ、遙のも写真撮っていい？」

スマートフォンを取り出して尋ねる由衣に、遙は自分のデザートをそっと押し出した。

「いいよ、はい」

「ありがとー！」

デザートの器を受け取る由衣の指先は、オレンジと紫をベースにしたネイルで華やかだ。ネイルに限らず、由衣は個性的な服装がよく似合う。遙自身はつい無難なカジュアルコーデを選んでしまいがちなので、そういう服が似合う由衣が少しうらやましい。

「由衣、今日のネイルも可愛いね。仕事、順調？」

「うん、まぁ、何とかやってるって感じかな」

そう言って明るく笑う由衣は、プロのネイリストだ。先月アシスタントから昇格して、１人で施術や接客ができるようになったと喜んでいた。

「遙は？　最近どう？」

「わたしは……まだアシスタント。先は長そう」

「そっか。遙がまだスタイリストになれないなんて、やっぱり美容師の世界って厳しいね」

しみじみと言う由衣の横で、将喜が身を乗り出した。

「じゃあ、ニノがスタイリストになったら、オレの髪、ニノに切ってもらおうかな」

「はあ？　マサは丸刈りで充分でしょ」

由衣の憎まれ口に、将喜が顔をしかめる。

「嫌だよ。せっかく金髪に染めたのにさ」

「それに、切るより先にまず染めたら？　生え際の黒い部分、結構目立ってるよ」

「え、マジで」

将喜が慌てて、明るい金髪に染めた前髪をつまむ。

「なんちゃってね、うっそー」

「おい、由衣！」

「ちょっとからかっただけでしょ。それより、ほら、マサのも撮らせて」

「はいはい」

小学校からの幼馴染だという由衣と将喜の会話は、いつも息がぴったりだ。周りは「夫婦漫才」と呼んでいるが、本人たち曰く「こいつと付き合うことだけはありえない」らしい。

お似合いだと思うんだけどな。微笑ましい気持ちで2人を見ていた遥に、将喜は目ざとく気がついたようだった。

「何だよ、ニノ、にやにやして」

「してないよ、にやにやなんて。それよりこのお店、将喜が予約してくれたんだよね。すっごくおいしかった。ありがとう」

「うん、実は、オレも来てみたかったし。舌鍛えるのも仕事のうちかなって」

照れくさそうに笑う将喜は、調理学校を出て、今は小さなレストランで働いている。頑固で職人気質の店主に叱られる毎日だというが、仕事のことを話す将喜は楽しそうだ。

由衣からアイスクリームの皿が戻ってきたので、遥も写真を撮ることにした。スマートフォンのカメラをグルメモードにして、できるだけおいしそうな撮影角度を探る。

よし、と思ってシャッターボタンを押そうとした時、由衣が「ねえ」と口を開いた。

「それ、東京の彼氏に送るんでしょ？」

「えっ」

由衣の言葉に不意を突かれ、スマートフォンを構える手が揺れた。

「ちょっと、由衣。っていうか、何で」

由衣は、いたずらっ子のように笑った。

「顔見ればわかるって。にやけてるもん。ね、将喜」

「まぁ、わかるな。優人、元気？　あいつ、就職してから、なかなか連絡してこないよな」

将喜の何気ない質問に、チクリと遥の胸が痛む。

3年前から付き合っている恋人の優人は、今年の春に東京の会社に就職し、松山を離れた。

それから、もう半年になる。短いような、長い期間だ。

「うん……。いろいろ、忙しいみたい」

「こっちに帰ってこないの？　あたしも会ってみたい。っていうか、2人が出会ったのはあたしのおかげなんだから、一言挨拶があってもいいよね。遥さんとお付き合いさせていただいている村上優人です、って」

「いや、どんな立場だよ、保護者か！　それに、会えなかったのは熱出した自分のせいだろ」

将喜に呆れ顔で突っ込まれ、由衣はすねた表情になる。

「そうだけどさ。結局、今まで一度も会えてないから悔しくって。遥も、彼氏のこと説得してよ。恩人が会いたがってますよって」

「だから、恩人ってお前、それは言いすぎだろ」

「じゃあ、仲人？」

「それは気が早すぎ」

「もう……将喜も由衣も、何言ってるんだか」

2人の軽快なやりとりに、気づけば遥も笑っていた。

遥と由衣は、一昨年卒業した美容専門学校で知り合った。遥は美容師コース、由衣はネイリストコースに所属していて、授業が一緒になることはなかったが、ランチで隣に座ったのがきっかけで仲良くなった。その後、由衣を通じて将喜とも知り合い、3人でよく遊ぶようになった。

専門学校2年生の時、由衣と将喜がそれぞれの友達を呼んでグループで遊びに行こう、という計画を立てた。遥は由衣に誘われ、優人はバイト仲間の将喜に誘われて参加していた。それが、遥と優人の出会いだ。

ところが、由衣自身は当日インフルエンザにかかって高熱を出し、来られなかった。優人はそれ以来、グループの遊びには来ていないので、由衣は未だに優人に会ったことがない。付き合い始めてすぐの頃、写真を見せたきりだ。

「ねぇ、最近の写真とかないの？」

「写真かぁ」

遙は、手元のスマートフォンの画像フォルダを開いた。

写真がずらりと並ぶ画面をスクロールしていく。優人と一緒に写った写真が出てくるまでに、ずいぶん遡らなければいけなかった。つまり、それだけ長い期間、優人と会っていないということだ。遙は湧き上がる感傷を振り払い、見つけ出した写真を拡大表示した。

「これ、今年のお盆の。お祭り行った時の写真」

「見せて。うん、相変わらず真面目そう」

スマートフォンをのぞき込んで、由衣は感心したように言った。きりっとした眉毛のせいか、優人の第一印象はたいてい「真面目そう」だ。

「真面目っていうか、頑固かな。自分で決めたことは、あきらめないタイプだと思う」

「へぇ、じゃあ、亭主関白な感じ？」

「うーん、でも、意外に抜けてるところもあるよ。調べてくれたお店に行ってみたら定休日だったり、サプライズでプレゼントしてくれようとして、欲しいものを聞き出そうとしてるのがバレバレだったり。抜けてるっていうか、不器用なのかも」

今までの失敗談をつらつらと並べると、由衣が大げさな仕草で両手を合わせた。

「はいはい、ご馳走様です！　でも遠距離は大変そう。会えるの、1ヵ月に1回くらい？」

「全然、そんなに会えない。最後に会ったの、このお盆の時だし」

遙が言うと、由衣はきょとんとした。

「え？　9月は？　シルバーウィークあったでしょ」

「連休の真ん中に先輩の結婚式が入っちゃったらしくて、帰ってこられなくて」

「えー。じゃあ、遙が東京行ったりしないの？」

「休みが合わないから難しいんだよね……。向こうは土日休みで、わたしは平日休みだし」

「そっか。……大丈夫？　寂しくない？」

心配そうな由衣に、遙は笑ってみせる。

「全然、大丈夫。メッセージはわりとまめにやりとりしているし、ビデオ通話もできるし。遠距離も半年も経つと慣れっこだよ」

「それなら、いいけど」

表情を和らげる由衣の隣で、将喜もうなずいている。

「マジ、遠距離とか尊敬するわ。ニノ、強いな。偉いよ」

「……まぁね」

将喜の言葉に、すぐに返事ができなかった。笑顔を作るために、一呼吸必要だったからだ。

東京で頑張っている優人にも、こうして自分を思いやってくれる由衣や将喜にも、心配をかけたくない。だから、しっかりしなくちゃ。

わたしは大丈夫。そう、自分に言い聞かせる。

近づいてきた店員が、ラストオーダーの時間だと告げた。


由衣と将喜とは帰る方向が逆なので、店の前で別れた。

並んで歩く2人の背中が小さくなるまで見送って、遙も歩き出した。10月とはいえ、夜は風が冷たい。今日は、ストールを忘れてしまった。せめてもの防寒対策に、長く伸ばした髪でうなじを覆う。ラストオーダーが終わってからもあれこれ話し込んでしまって、店を出た時にはもう11時を過ぎていた。

――優人も家に帰ってきたかな。もう寝ちゃってるかも。

少し迷ってからスマートフォンを取り出して、メッセージアプリを立ち上げる。さっき撮ったアイスクリームの写真を優人に送り、スマートフォンをポケットに入れて歩き出したとたん、小さな振動を感じた。画面を見ると、優人から返信が来ている。

【ゆうと】うまそ。いいなぁ

歩きながら返信しようとして、すれ違った人ににらまれた気がした。慌てて道の端に寄って返事を打つ。

【はるか】由衣と将喜とご飯行ってきた。「DINER PARAISO」って知ってる？　東京にもあるんじゃない？

【ゆうと】そういえば、先月、東京の第1号店に行った。でも、そんなデザートあったっけ？

スイーツの話にはすぐ反応してくるところが優人らしい。優人は、周りには隠しているけれど甘いものが好きで、飲み会の締めはラーメンではなく、家で食べるコンビニスイーツだ。

【はるか】ハロウィーン限定だって
【ゆうと】そっか
【はるか】今、家？　電話できる？
【ゆうと】帰り道。電話できるよ

遥は発信ボタンを押して歩き出した。いつまでも立っているわけにもいかないし、家に着いたらビデオ通話もできる。

少し待つと、電話がつながった。

「もしもし」

「もしもし、優人？」

「うん。お疲れ」

そういう優人の声のほうが、疲れているように聞こえる。

「優人のほうこそ、仕事、お疲れ様」

「うん。今日は火曜だから、遥は休みだったよな。ゆっくりできた？」

「お店は休みだったけど、夕方まで勉強会だったよ」

「勉強会？」

「そう。お店でカットとかカラーの練習して、先輩にいろいろ教えてもらうの。もうすぐ自由課題だから」

「自由課題か。それをクリアしないと、スタイリストになれないんだっけ？　頑張れよ」

「うん、ありがとう」

言いながら何気なく空を見上げると、高いところに月が出ていた。

「優人、空」

「空？」

「うん。月、綺麗だね。見えてる？」

柔らかい黄色の月はちょうど半月で、いつもより大きく見える。

「本当だ。でっかいな……」

「ね」

優人の感心したようなつぶやきに、遙は小さく笑った。

遠く離れた東京にいる優人と同じものを見て、同じことを感じているのが嬉しい。

「あのさ、今日、ちょっとだけいいニュースがある」

優人の声も、さっきより少し柔らかくなった気がした。

「え、何?」

「それは、あとでのお楽しみ」

「何?　気になるんだけど……」

「もう電車乗るから、家帰ったらまた電話する」

優人の声の向こうに、駅の乗車アナウンスが聞こえた。遥の知らない駅名だった。

こういう時、優人が遥の知らない土地にいることを突きつけられて、切なさに胸が少しだけ締めつけられる。

「……わかった」

「じゃ、あとで」

「うん」

あっけなく切れる通話は少し寂しかったが、それよりも「いいニュース」が気になった。

――早く帰って、たくさん話したい。

走り出したい気持ちを抑えきれずに、遥は早足でアスファルトを蹴った。

1週間も経つと、街の装飾はハロウィーンから気の早いクリスマスに変わり始めた。

美容室「GATOS」のバックヤードの洗面台で、遙は手に付いたカラー剤を洗い流し、大きく伸びをした。時計を見ると20時半を回っている。閉店まであと30分だ。今日はネット経由の直前予約の客が多くて大忙しだったが、ようやく一段落だ。

「お疲れ様でーす」

ほうき片手にバックヤードに入ってきたのは、同期の井上真奈美（いのうえまなみ）だった。先週、カラーの練習で染めた金髪のショートカットがふわっと揺れる。

「真奈美、お疲れ。忙しかったね、今日」

「ほんとー。お店としてはありがたいけど、毎日ちょっとだけ忙しいくらいがちょうどいいのにね」

ほうきを洗面台横のロッカーにしまいながら、真奈美は遙の濡れた手をちらりと見た。

「遙、今日も里加子さんのヘルプ入ってたね」

「え？　ああ、うん。カラーの手伝いにね」

橋本里加子（はしもとりかこ）は、「GATOS」で1番の人気スタイリストだ。時短勤務で小学生の子どもを育てているにもかかわらず、最多の指名客を持っている。

里加子が人気なのは、カットのスキルだけが理由ではない。里加子とのおしゃべりや人生相談を目的に来店する女性客も多く、里加子がお客と子育ての話をしている姿もよく見かける。「子育て中で時短にせざるを得ない」という状況を、逆に武器にしている里加子は、本当に尊敬できる存在だ。

「いいなぁ、遙は」

「え？」

「里加子さん、信頼している子にしかアシスタント任せないから。最近、遙は、よくアシストに呼ばれてるでしょ」

「そう、かな」

曖昧な返事をしたけれど、自分自身でも最近、里加子に呼ばれることが多いように感じていた。それが勘違いでないなら――憧れの先輩に認められているなら、嬉しい。家庭もキャリアも両立させている里加子は、遙だけでなく女性の後輩たちみんなの憧れなのだ。

「そうだよ。あぁ、明日の課題、私だけボロクソに言われたらどうしよう」

真奈美の細い眉毛が、漫画のイラストのように「ハ」の字になる。

明日、遙と真奈美は、スタイリストになるための実技課題テストを受ける。課題にはいくつか段階があり、明日受けるのは最後の課題である「自由課題」だ。

「自由課題」では、カットモデル本人の希望通りのヘアスタイルを作り上げ、技術をテストされる。本番になるまでどんな希望が出てくるかわからないので、緊張を強いられる難しい課題だ。自由課題は何回か行われ、明日はその初回、つまり最初の一歩となる。

アシスタントがスタイリストになるまでにかかる時間は、だいたい3年と言われている。遥も真奈美も今年で3年目だから、やはり意識してしまう。

「真奈美なら大丈夫だよ。わたしのほうが自信ないよ」

「そんなこと言って、遥、全然緊張してるように見えないし」

壁に頭をつけて、真奈美はため息をつく。と、ぱっと体を起こした。

「あ、そうだ。遥に伝言しに来たのに忘れてた。今日は業者の清掃が入るし、もうお客さんもいないから、手が空いたアシスタントから上がっていいって」

「そっか。真奈美ももう帰る？」

「うん、ゴミ捨てたら帰るから、気にしないで先に上がって」

「わかった、ありがとう」

真奈美と別れて入った休憩室には、誰もいなかった。壁際の個人用ロッカーから荷物を取り出し、スマートフォンをチェックする。待ち受け画面に表示される日付は11月1日。

――優人に会えるまで、あと2日。

今年は11月3日の祝日が金曜日で、土日と続けて3連休になる。その連休を使って、優人が帰ってくる――それが1週間前に優人から知らされた「いいニュース」だった。木曜日の夜行バスに乗って、金曜日の朝にこちらに着くと言っていた。その日はゆっくりしたいだろうから、遙は思い切って土曜日に丸一日の休みを取った。

まだ予定は決めていない。新しくできたショッピングモールか、少し足を伸ばして日帰りの温泉に行ってもいい。それか、カフェや公園でのんびりするのもいいかもしれない。優人が喜ぶのは、季節限定のスイーツめぐり、とかだろうか。

忘れないうちに調べておこうと画面のロックを解除したところで、メッセージアプリのプレビューが表示された。優人のアイコンと、「ごめん」の文字。メッセージが届いた時刻は、夕方の4時前だ。

嫌な予感でみぞおちがきゅっと締まる。やけに冷たく感じる指先で画面をタップして、メッセージを表示する。

【ゆうと】ごめん。連休、帰れなくなった。北海道からクライアントが来ることになって、その案内で休日出勤。代休もらえるから、またリスケする。せっかく休み取ってくれたのに、ごめん

——あーあ、またか。

湧き上がる感情は、失望と諦めが半分ずつだ。

優人の仕事の都合で約束が駄目になるのは初めてではないけれど、何回経験しても、期待していた分だけ失望は大きい。それにリスケなんて言い方、前の優人ならしなかった。そんな、仕事みたいな言い方。

それでも、遙だってもう2年以上も働いている立場だ。「仕事なら仕方ない」という諦めにも、もう慣れた。

だから、全然、大丈夫。

【はるか】全然、大丈夫！　優人のほうこそ、休みがなくなっちゃって大変だね。ちゃんと休んでね

メッセージを送信して、「ファイト！」と吹き出しの付いたキャラクターのスタンプも送る。グーにした肉球を突き出す元気いっぱいの黒猫は、今の遙の気持ちとはあべこべに、満面の笑みを浮かべている。

「あ、いたいた、遙」

休憩室のドアが細く開いて、真奈美が顔を出す。

「あぁ、真奈美、お疲れ様。一緒に帰ろっか」

「それなんだけど——ねぇ、今からカラオケ行かない？」

「カラオケ？　だって、明日、自由課題だよ」

驚いた遙の声が大きくなるのを、真奈美がしーっ！　と抑える。

「そうなんだけど、ほかのアシスタントはみんな行くって言ってて。ほら、今日はアシスタント全員が早く帰れる貴重な日でしょ」

「うーん……」

「ね、1時間だけ行こうよ！　私、このまま帰ったら緊張して寝られない……」

確かに、こんなに早い時間に帰れるのは珍しくて、このまま帰るのがもったいないという気持ちはわかる。しかし、真奈美と遙は課題を控えているのだ。ペーパーテストのように一夜漬けの勉強をするわけではないとはいえ、早く帰って体調を整えるほうがいいに決まっているのだが……。

ふと、ポケットに戻したスマートフォンが震えた気がした。

「ごめん、ちょっと」

ちらっと画面を見るが、通知はない。メッセージアプリを立ち上げても、優人に送ったメッセージは既読にすらなっていない。通知が来たと思ったのは、気のせいだったようだ。

返事が来ても来なくても、連休に優人が帰ってこないことは変わらない。それでも……。

もしかして、「やっぱり帰れる」って言ってくれないかな、と期待してしまう自分がいる。リスケっていつになるのかな。来週、それとももっと先？　そんなことばかり気になって落ち着かない。多分今日は、ずっと。

カラオケに行けば、その間は考えなくて済むかもしれない。

「……じゃあ、1時間だけ、行こっか」

遥の返事に、真奈美がぱっと笑顔になる。遥はスマートフォンをポケットに突っ込んで、笑い返した。

カラオケにはその日出勤していたアシスタント全員が集まって、大盛り上がりだった。予定していた1時間よりは少し長居してしまったが、遙は23時前に家に帰った。

昨年、妹が上京してから、遙は両親と3人で暮らしている。この時間には2人とも眠っているから、玄関をそっと開け、足音を立てないように注意を払う。

玄関脇のハンガーにコートを掛ける。今日は帰り道であまり寒さを感じなかった。気温が高かったのか、それともカラオケではしゃいで体が温まったせいかもしれない。

課題の前日に夜更かしして遊ぶことに罪悪感もあったけれど、行ってよかった、と遙は思った。真奈美がアニメソングを完璧に歌い上げて90点台を叩き出した時は興奮したし、何より久しぶりに思いっきり声を出して、体も心も軽くなった気がした。

暗いリビングで、ふとスマートフォンを見るまでは。

メッセージアプリの通知はゼロ。優人とのトーク画面を開いたが、メッセージもスタンプも未読のまま。

思わず、検索ブラウザに「恋人　返信　来ない　理由」と打ち込んで、迷って、消した。そのまま、スマートフォンを鞄に押し込む。

どうして返信が来ないのかなんて悩んでも、状況は変わらないのだ。早くお風呂に入って、明日に備えよう。

でも結局、湯船に浸かりながら考えてしまうのは、優人のことだった。

優人が入社したのは、東京に本社を構えるＰＲ会社だ。商品の広告や宣伝活動をサポートする仕事、と言っていた。

「モノじゃなくてアイデアや企画で勝負する仕事で、だからこそ可能性が無限なんだ」

内定が決まった時、普段は穏やかな優人が、珍しく熱っぽく語っていたのを覚えている。

オフィスで働いたことのない遙には、優人の働く姿がうまくイメージできない。スーツ姿で、満員電車に揺られて、大きなビルに入っていって……その先で、遙の想像は途切れてしまう。ドラマで見るような、机が並んだオフィスでパソコンを開いているのだろうか。ほかの会社に行って、会議室で打ち合わせをしたりするのだろうか。

そうやって想像すればするほど、遙の知らない優人を見せつけられるようだった。

遙は頭を振った。時計を見ると、もう1時間近くも経っていた。のぼせる前に、湯船からあがらなくては。

そんな風に、優人のことで頭がいっぱいだったから——髪を乾かしてリビングに戻った時、鞄からはみだしたスマートフォンの通知ランプの点滅を見て、心臓が跳ねあがった。

しかし、ロックを解除した画面に浮かんだアイコンは、将喜のものだった。

【将喜】遅い時間にごめん！　前にニノが言ってた、しょう油の汚れを落とす裏ワザって何だっけ。重曹？

メッセージの後ろには、大汗をかいて土下座しているクマのスタンプが続く。その表情が将喜に似ていて、ふふっと笑ってしまう。そういえば由衣と3人で会った時、そんな話をしたかもしれない。

将喜からメッセージがきたのは1分前だ、遅い時間だけれど返信しても大丈夫だろう。

【はるか】重曹は、惜しいけどちょっと違う！　お酢だよ。

すると、すぐに既読がついて、返信がきた。

【将喜】ありがとー！　助かる！　コックコートの染み全然落ちなくて焦った

【はるか】コックコート？　将喜、厨房入れるようになったの？
【将喜】いや、先輩の。帰りに急に洗っといてって押しつけられてさ。しかも明日の朝までに持って来いって、無茶ブリ
【はるか】大変だね……そういうの困るよね、先輩相手だと断れないし

遙が今のサロンに入ってすぐの頃にも、そういう先輩美容師がいた。キャリアが長かったので誰も意見できなかったらしく、里加子から「気をつけてね」と教えてもらった。幸い、その先輩は違う店に移っていったので、遙が嫌な思いをすることはなかった。
美容師の場合、アシスタントは基本的にスタイリストの指示で作業をするので、上下関係がはっきりしている。将喜のいる料理の世界もそうなのかもしれない。

【将喜】ニノもそういうことあんの？　同じ職人業界同士、つらいね笑
【はるか】職人業界……言われてみれば、確かにそうかも笑　早く一人前の職人になりたいね
【将喜】おう、お互い頑張ろうな！　こんな時間に返信くれてありがと！

送られてきたのは、見覚えのある黒猫のスタンプだった。「ファイト！」の吹き出し、グーの形に握られた肉球。でも昼間の遙と違って、将喜は正真正銘、前向きな気持ちで送ってきたのだろう。

遙も、同じキャラクターが「おやすみ」と言っているスタンプを送った。

【将喜】ニノもこれ持ってんだ笑　おやすみ！

将喜とのトーク画面を閉じる。気楽な会話は、素直に楽しかった。

時計を見ると、もう0時を回っている。明日の朝起きるのが7時として——もう少し、起きていても大丈夫そうだ。動画配信サービスのアプリを立ち上げる。1話20分程度の短い海外ドラマを、1話だけ見たら寝よう。

この楽しい気持ちをもう少しだけ、長引かせたかった。

自分を甘やかした報いは、翌日すぐにやってきた。

自由課題を終え、店を出たのは23時過ぎ。正面から吹きつける風が冷たくて、唇がぴりっと痛んだ。ぐるぐるに巻いたストールに口元を寄せ、遙はため息を漏らした。

ちょうど24時間前は、明るい気持ちと軽い足取りでたどった帰り道。真奈美が熱唱したアニメソングが頭から離れなくて、知らず知らず鼻歌を歌っていたくらいだ。

でも、今日の遙の頭を占めているのは、里加子の声だ。穏やかだけれど、ずっしりと胸に響く言葉。

「遙、自分が今何をしたいか、ちゃんと言える？」

自由課題の開始は20時からだった。制限時間は1時間半。モデルから髪形の希望を聞き出したところからスタートする。今日のモデルの希望は、「セミロングの髪をショートヘアにすること」と、「重めでまっすぐに切りそろえた『ぱっつん前髪』を作る」だった。

それを聞いて、遙は不安になった。モデルの顔は輪郭のえらが張ったベース型だった。重めで一直線の前髪は、顔の横幅やシャープなラインを強調してしまう。それよりも、薄めのシースルーバングにするか、前髪を作らずセンターで緩やかに分けるほうが、縦横のバランスが取れて綺麗に見える。しかし、カットモデルは「ぱっつん前髪」にこだわっているようだった。迷ったが、結局、遙はそのままオーダーを受け入れた。

カットを終えて、鏡を見た時のモデルの曖昧な笑顔が忘れられない。「ありがとうございました」と丁寧にお礼を言いながら、しきりに前髪を触っていた指先も。

前に先輩に言われたことがあった。どんなに笑顔でお礼を言ってくれていたとしても、お客様が髪を何度も触るのは後悔の印だ、と。

遙のカットの仕上がりをチェックした里加子は、シザー(ハサミ)を手に取ってモデルに話しかけた。

「前髪、少し変えてもいいですか？　今のままでも可愛いけど、少し毛先を散らしたほうがバランスよく見えますよ」

モデルがとまどいながらもうなずくと、里加子は、まっすぐなラインを描いていた前髪の毛先にシザーを入れて長さを変えた。同時にサイドの髪を前に出し、前髪から顔周りにかけてラインがつながるように長さを調整した。5分とかからない微調整だった。けれどその5分で、モデルの顔はえらが目立たなくなってすっきりとした印象になり、モデルはえくぼを見せて嬉しそうに笑った。

モデルが帰った後、遙は里加子から課題のフィードバックを受けた。

「遙は研究熱心だし、どの作業も丁寧で、接客も感じがいい。お客様の要望に応えて安心してもらうのは、スタイリストに必要なことだよ。でも、お客様の言ったことを、何も考えずにただ形にするのはプロの仕事じゃない。遙、あの前髪は難しいってわかってたよね？」

「……はい」

「じゃあ何で？」

「本人の、希望だったので……」

「うん。本人の希望とかイメージはもちろん大切。でも、もっと大事にしなきゃいけないのは、お客様に喜んでもらうこと。お客様のオーダーを１００パーセント完璧にこなしても、仕上がりが気に入らなければ、お客様は離れていく。時にはお客様と対話して、希望をアレンジしたり、違う提案をすることも必要だよ。その姿勢が、遙には足りてない。臆病になりすぎているよ」

「……はい」

「遙、自分が思ったことをちゃんと言えてる？」

思いがけない言葉に驚く遙を、里加子は正面から見据えた。

「自分の気持ちにフタをするのに慣れちゃうと、言葉が出てこなくなって、誰にも何も言えなくなるよ。遙、自分が今何をしたいか、ちゃんと言える？」

答えられない遙を置いて、里加子は真奈美の指導に向かっていった。

退店する直前、真奈美と少し話した。真奈美は、晴れ晴れした表情で笑っていた。

「技術はまだまだだってダメ出しされたけど……お客さんを本気で綺麗にしたいっていう気持ちはちゃんと出てるって。そう思えるってことは、美容師に向いてるってことだから、あとは練習と経験だけだって、里加子さん言ってくれた」

「そっか……。よかったね」

そう答えた自分は、うまく笑えていただろうか？

真奈美は、美容師に向いているらしい。自分はどうだろう。真奈美に「大丈夫だよ」なんて偉そうに言ったくせに、「姿勢」を問われた自分は。それは、美容師になるためのスタートラインにすら立てていないということだ。

落ち込んだ気分のまま、コンビニの前を通りかかると、ちょうど客が出て来て自動ドアが開いた。中から聞こえてきたBGMは、流行りのラブソングだった。

――「抱きしめてほしい」「会いたい」

ストレートな思いがメロディに乗って流れてくる。コンビニの前の通りでは、カップルらしい男女が見つめ合って手をつないでいる。

「思ったこと、ちゃんと言えてる？」

里加子の言葉を思い出した。

遥はスマートフォンを取り出した。優人のアイコンを呼び出して、発信ボタンをタップする。

コール音を鳴らし始める電話を、耳に押し当てる。

1回、2回、3回……スマートフォンを支える手をぎゅっと頬に押し付ける。

コール音が10回を超えたところで、電話を切った。スマートフォンを握った手ごと、コートのポケットに入れて歩く。着信があったら、すぐに気づけるように。

けれど――。

家に着いても、部屋に入っても。

お風呂から上がっても。歯磨きを終えても。

気晴らしに、海外ドラマを見ている最中も。

スマートフォンを握った手が、振動を感じることはなかった。


遥が優人からの返事を受け取ったのは、翌朝のことだった。

【ゆうと】電話でれなくてごめん

深夜1時半過ぎに届いた、一言だけのメッセージ。

遙は、まぶしい朝日に目を細めながら、そのメッセージを読んだ。

ごめんって、それだけ？

昨日の自由課題のことは、優人にも伝えていた。その夜に急に電話したのだから、「何かあったのかもしれない」と察してほしかった。「どうしたの」って聞いてほしかった——尖った気持ちが胸の内側で暴れている。

でも、と、別の声が怒りをなだめる。仕方ないよ、優人も仕事で大変なんだから。

離れていても電話はできる。でも、「好きな時にいつでも」というわけにはいかない。優人と話せる大事な時間はできるだけ、楽しくて嬉しいことでいっぱいにしたい。もう終わったことのせいで、険悪な雰囲気になりたくない。

だから、遙は、何事もなかったかのように返信した。

【はるか】おはよう。昨日の電話は気にしないで。全然、大丈夫。

——でも、本当は……。本当の本当は……。

それから数日間は、とにかく店が忙しかった。

遙にとってはラッキーだった。忙しくしていれば、考えごとをする暇もない。あっという間に昼を過ぎて、今日も遅めの昼休憩に入る。

休憩室に入ると、少し前に休憩に入ったはずの真奈美と鉢合わせした。

「あれ、真奈美、もう戻るの？」

「うん、ちょっと」

真奈美が曖昧に笑う。と、遙の後ろから里加子の声が聞こえた。

「真奈美、カラーのヘルプお願い」

「あ、はい！」

ちら、と真奈美が遙を見る。気まずさと心配が入り混じった表情。

「行ってらっしゃい」

遙の笑顔に、真奈美はほっとしたように「行ってきます」と笑い返し、休憩室を出ていく。

——里加子さん、信頼している子にしかアシスタント任せないから。

数日前の真奈美の言葉が鋭く刺さる。

走ったわけでもないのに、心臓がドキドキ鳴っている。お腹の奥から喉のほうに、じわじわ熱いものがせりあがってくる。

悔しい。うらやましい。情けない。そんな嫌な気持ちでぱんぱんに膨らんだ風船を飲み込んだみたいに、苦しかった。吐き出さないと、窒息してしまいそうだ。

でも、一緒に働いている仲間には言えない。優人にも言いたくない。だって優人には、そんな自分を見せたくない。楽しい話だけして、笑っていたい。

とにかく今は休憩を取らなくては。午後も予約がいっぱいで、忙しいのは目に見えている。

ロッカーから鞄を取り出すと、中でスマートフォンの通知ランプが光っていた。


【将喜】お疲れ！　来週のどっかで時間もらえない？　行きたいレストランがあって。由衣も誘ったんだけど、難しいらしくって

どうしようか、遙は迷った。

将喜の行きたいレストランなら、おいしい店に違いない。けれど、将喜と2人で、というの

が気になった。将喜は優人と遥の共通の友人で、何もやましいことはないけれど、恋人以外の異性と2人きりになるという状況に変わりはない。できれば、由衣の予定が合う時に3人で行きたい。

返信するために、将喜とのトーク画面を開く。「ごめん」と打ちかけたところで、この前のトーク履歴が目に入った。

【将喜】ニノもそういうことあんの？　同じ職人業界同士、つらいね笑

ふと、思った。

将喜も、こんな風な気持ちになったこと、あるのかな。

気持ちばかり空回りして、みっともなくて、悔しくて、うまくできない自分が嫌になって。

それでも、目の前の仕事を放り出すこともできない。

そんな苦しさを、将喜ならわかってくれるかな。

入力しかけた言葉を消して、スタンプを送る。「いいね！」と両手を上げている黒猫。

【はるか】誘ってくれてありがとう。14日の火曜日でもいい？　サロンがやっている日だと、ラストオーダーに間に合わなくなっちゃうと思う

すぐに既読がついて、「ＯＫ」の看板を掲げた黒猫のスタンプが送られてくる。

【はるか】既読早い笑　ちゃんと仕事してる？
【将喜】今休憩中！　ニノこそ笑
【はるか】わたしも休憩中
【将喜】りょーかい。後で詳細送る！

将喜からのメッセージを見て、ふと懐かしくなった。遠距離恋愛になる前は、優人ともよくこうやって休憩中にメッセージをやりとりしていた。

優人が上京してからは、メッセージの頻度は落ちた。代わりに、ビデオ電話という新しい習慣が始まった。けれど優人は疲れているのか、電話の途中で眠ってしまうことも多い。

そういう時、遥はしばらく待ってからチャットで「おやすみ」と送って、通話を終えるよう

にしている。明かりをつけたままの部屋で眠る優人の寝顔は、子どものように可愛らしくて、見ているだけでくすぐったい気持ちになる。

けれど、電話を切って布団に入ると、ふっと寂しさがこみ上げるのも事実だった。せっかく電話できたのに何で寝ちゃうんだろう。優人にとっては、そんなに大事なことでもないのだろうか。そんなモヤモヤした気持ちが生まれるたびに、必死でフタをした。

優人は何かに集中すると、ほかのことに気が回らなくなる。今は新しい環境や仕事に慣れることにいっぱいいっぱいなのだ。だから別に、優人が遥のことを嫌いになったとか、どうでもいいと思っているとか、そういうわけじゃない――それは、わかっている。わかっているつもり、だけど。

遥はメッセージアプリを閉じて、動画配信のアプリを立ち上げた。過ぎたことを今さら思い返しても、何にも変わらない。昨日の夜、途中まで見た海外ドラマの最新話の続きを見て、気分転換をしよう。

イヤフォンから流れてくる音に集中しようとするが、ドラマのセリフはまったく頭に入ってこなかった。

将喜が「行きたい」と言っていたお店は、小さなイタリアンレストランだった。

入り口を入って左手にキッチンとカウンター席、右側にテーブル席が2席。シェフとホールスタッフが1人ずつ。席に置かれたメニューは、日付入りの手書き。カウンター席ももう1つのテーブル席も埋まっていて、バイオリンの音色のBGMに和やかな話し声が混じる。飴色の木の床やレンガ造りの壁がどこか温かい印象の、ほっとする雰囲気の店だ。

雰囲気だけでなく、料理も良かった。遙は純粋に味を楽しんだけれど、将喜は一口食べるごとに難しい顔をして、レシピを当てようとやっきになっていた。「めっちゃうまい……けど……」と言いながら顔をしかめるのがちぐはぐで、遙はむせるくらい笑ってしまった。

「いいお店だね」

デザートの後のコーヒーを飲みながら遙が言うと、将喜は嬉しそうに笑って、キッチンのほうを見た。

「ここ、オレの先輩の店なんだ」

「先輩?」

「そ、オレが今の店に入った時に、いろいろ教えてくれた人。そのあと、すぐに独立したから、2ヵ月くらいしか一緒に働いてないんだけど、ほんとすげー人で」

「そうなんだ。先輩に挨拶、しなくていいの？」

「いいよ。忙しそうだし、あとで連絡だけしとく。オレもこうやって、店持てるようになりたいんだ」

店内を見渡す将喜の目には、憧れと称賛と、負けん気があった。ただうらやむだけではなく、「絶対に自分もこうなる」という意志が。

「将喜の目標なんだね、その人」

「うん、そんな感じかな。……何か照れるわ、こういう話。恥ずかしいな」

「恥ずかしくなんかないよ。わたしもいるよ、目標にしてる先輩」

思い浮かぶのは、里加子の姿だ。ぴんと伸びた背筋、自信にあふれた仕草。

「へぇ、今のお店の人？」

「うん。仕事も家庭も両立してて、指導も上手で、いろいろ教えてくれて。……でも、もう見放されちゃったかも……なんて」

「……何かあった？」

「うーん、まぁ、ちょっとね」

できるだけ軽く聞こえるように笑いながら、遙は自由課題のことを話した。憧れの先輩に厳しい言葉をかけられたこと、同僚と自分を比べて落ち込んだこと。これまでアシスタント業務を任せてくれていた先輩に、最近は声をかけられなくなったこと。

「だから、ちょっと不安っていうか……。もっと頑張らないとって、思ってるところ」

将喜というより、自分に言い聞かせる。

遙は小さい頃から、他人の髪を整えるのが好きだった。お気に入りの遊びは「びようしごっこ」。人形や妹の髪を自分の考えた形に編んだり結んだりして、喜ばれるのが嬉しかった。それが、今の遙の原点だ。

「わたしね、その人みたいになりたくて、こっちに残ったんだ。優人が東京に就職決まった時……一緒に東京行くことも考えたんだけど。でもそれじゃ駄目だと思って」

「何で？　ニノなら東京でも大丈夫だろ」

「そんな甘くないよ。……もちろん、美容院ならいっぱいあるだろうから、どこかには就職できるかもしれないけど、慣れない場所で、友達もいない環境でしょ。そうなったら、わたしはきっと、優人に甘えちゃう」

遙は東京に住んだことがない。何度か遊びに行ったことがあるだけで、土地勘もない。そんな心細い場所、そして流行の最先端の街に、技術も実力もない状態で行くことになったら——

遥は優人を頼りにして、寄りかかってしまう。

東京で働くことは、就職活動当初からの優人の目標だった。バイトの給料を夜行バス代にあてて、連泊する時はカプセルホテルに泊まって。そうして見事に有言実行してみせた優人に、弱い自分を見せたくなかった。

「わたしの憧れの先輩、東京のサロンで店長やってたの。旦那さんとも東京で出会ったらしいんだけど、旦那さんが地元の会社に転職したから、こっちに越してきたんだって。そうしたら、今度は旦那さんが海外に単身赴任になっちゃって、今は1人で子育てしながらスタイリストやってる」

「うわぁ、大変だな……。タフなんだな、その人」

「うん。でもそれって、スタイリストとしての実力があったからできることだと思うの。わたしも、まずは今のお店で一人前になりたい」

優人は、東京で働きたい。遥は、今の店でもっと実力を磨きたい。

何度も話し合って、遥と優人は今の形を選んだ。それがお互いのためだと思った。

「でも……ニノ、不安じゃなかった？」

心配そうな表情を浮かべる将喜に、遥は笑ってみせた。

「……まぁ、ちょっとは。でもほら、実際何とかなってるから」

「そっか。……ニノは本当に、強いな」

「……そうかな」

ぽつりとこぼれた言葉は、自分でも驚くくらい、弱々しかった。

「ニノ？」

「これでいいのかな、って、時々不安になるよ。優人がいない生活に、慣れてる自分に気づいた時に」

「でも、それは……仕方ないし、当たり前だろ。実際、優人はここにいないんだから」

将喜の優しい言葉が、逆に胸に突き刺さる。

そうだ。優人は、ここにいない。遙のそばに、優人はいない。

「……優人と付き合い始めてすぐの頃にね、喧嘩になったことがあるの」

急に話題を変えた遙に、将喜が不思議そうな表情で「うん」と相槌を打つ。

「わたしが専門学校の男友達と2人でご飯に行ったのを、優人が嫌がって。だからその時に約束したんだ。異性の友達と2人で会う時は、事前に相手に話すって」

「そうなんだ。あいつ、やきもちとか焼くんだな、ちょっと意外」

「でもね、今日のこと、優人に言ってない」

「……え？」

将喜の驚く声に後ろめたさが膨れ上がって、思わず早口になる。

「だって、優人は東京にいるんだし、言ってもしょうがないよね、関係ないよねって思って。……でも、わたし、前はそんなこと、絶対に思わなかった」

「ニノ」

「優人、東京に行って、変わった気がする。メッセージの返信も遅くなったし、電話でも東京の人みたいなイントネーションで話すことが増えたし、わたしと会う約束する時も、リスケとか調整とか、仕事みたいな言葉づかいをするようになった。でも、わたしだって、変わらない保証なんて何もないんだよ」

いつか聞いた、「恋愛の賞味期限」という言葉を思い出す。

自分たちにもそれが訪れるのではないか——優人や自分が少しずつ変わってきていることがその前触れのようで、不安がこみ上げる。

「ニノ」

将喜に呼びかけられて、遥は我に返った。

「あ、ごめん。こんな愚痴、聞かされても困るよね」

「ニノ、聞いて」

将喜が真剣な表情で遙を見る。

「こういうタイミングで言うのはずるいって思われるかもしれないけど……。オレ、ニノが好きだ」

ふっと、店内の音が遠くなる。

「ほんとは、学生の時から好きだった。ニノが優人と付き合ってるって聞いて、悔しかった。オレのほうが先にニノと会ってて……ニノのいいところ、知ってたのにって。何で早く告白しなかったんだろうって、後悔した」

「将喜」

「ニノが幸せなら、それでいいって思ってた……いい友達でいようって思ってたけど、でもニノがそんな顔するの、耐えられない。オレは、ニノに寂しい思い、させないよ」

ゆっくり伸びた将喜の手が、テーブルの上の遙の手に触れる。緊張しているのか、その手は少し震えていて、冷たかった。

「ごめん、急に、びっくりするよな。でも、本気だから」

遙は驚いて、何も言葉を返せないまま、将喜の手を見た。指先がほんの少し触れているだけの。

それは将喜の気遣いなのだと思う。無理強いしたくない、嫌ならすぐに離れられるように、という。しかしそれは、一方で、遙に選択を迫っているようでもあった。

将喜は優しくて、話していると楽しい。料理人と美容師、目指すものは違うけれど、道のりは似ている気がする。ほかの誰かの優秀さがうらやましかったり、できない自分に失望したり、それでも憧れる人がいるから前に進もうと思える——そういうお互いの気持ちも、きっと分かり合える。

家だって同じ市内だから、会いたい時に、いつでも会える。周りの恋人たちが、当たり前のように過ごしている時間——それは今の遙と優人では、どんなに願っても簡単には叶わない希望だ。

将喜となら、その希望も叶えられるのかもしれない。

わたしは……。

遙はそっと、手に力を込めた。

11月も月末になり、クリスマスムードがいよいよ加速してきた。美容室「GATOS」のレジにも、小さなクリスマスツリーが飾られるようになった。

閉店後、遙が店内の床をほうきで掃いていると、里加子に声をかけられた。いつもは時短勤務の里加子だが、たまにラストまで入っていることがある。

「遙、最近ずっと居残って練習してるんだって?」

「あ、はい。……やっぱり、毎日はまずいですか?」

アシスタントが技術練習をする時間は限られている。開店前か閉店後、それか店が休みの日だ。朝に弱い遙は今までも閉店後に練習することが多く、最近は、出勤日には必ず居残り練習をしていた。

「まずいってことはないけど、休む時はちゃんと休んでほしい」

「はい」

「それがわかってるなら、そうやってがむしゃらになるのもいいと思うよ。実際、遙、前よりずっと上達してる」

「本当ですか?」

思いがけない褒め言葉に、声が弾む。里加子も優しく微笑んだ。

「ほんとほんと。次の課題、期待してるよ」

「はい！」

「でもね、自分だけで頑張っても、どうにもならないこともあるから。そういう時は、1人で抱え込まないで、ちゃんと周りにＳＯＳを出すんだよ。遙は頑張りすぎるところがあるから、心配」

「……はい」

「遙、前にわたしのこと、『一人で仕事も子育てもしてすごい』って言ってくれたでしょ。仕事はともかく、子育ては全然できてないんだよ、実は。旦那の実家――お義母さんやお義父さんに、すごく助けてもらってるんだ」

「えっ……そうだったんですか」

何でも完璧にこなしていると思っていた先輩の意外な告白に驚いていると、里加子は明るい声で言った。

「引き留めてごめんね、じゃ、お先に。今日も残るなら、無理しないようにね」

里加子がひらりと手を振って、去って行った。ほかのスタッフもほとんど引き上げている。

今日居残り練習をするのは遙だけだ。

練習用のカットウィッグ――頭部だけのマネキンを用意しながら、遙はため息を吐いた。里加子は励ましてくれたが、遙には、半ば現実逃避のために練習を詰め込んでいる自覚がある。遙は今、大きな悩みに直面していた。でも本当は、もっと前からそこにあったのに、見えないふりをしていただけなのだ。

わたしたち、このままでいいのだろうか。

約2週間前――将喜から思いがけず告白されたあの日、遙は、将喜の手を取らなかった。ごめん、と言って将喜の手を拒んだ遙に、将喜は「いいよ」と笑った。「これからもいい友達でいよう」とお決まりのセリフを告げて、遙の気持ちを軽くしようとさえしてくれた。

そんな優しい友人の気持ちよりも、遙は優人を選んだ。なかなか会えなくても、電話できなくて寂しい思いをする日があっても、優人を好きな気持ちを手放すことはできないと思った。

優人はどうだろう？　ずっと変わらずに、遙を好きでいてくれているのだろうか？

数日前に、優人と1週間ぶりのビデオ通話をした。会社で急にプレゼンテーションをすることになって忙しくなった優人とは、メッセージのやりとりも1日1往復あるかないかという日々が続いていた。そんな状況では遙から電話をかけるのも悪い気がして、そうしたらすぐに

1週間経ってしまった。遠距離恋愛になってから、電話をしなかった最長記録だ。

優人のほうから電話をくれたのは、そのプレゼンテーションが終わった日だった。優人は「連絡できなくてごめん」と謝ってくれたが、どこか興奮した様子で、いつもはしたがらない仕事の話を始めた。

「前に話したっけ。同期で同じ部署の村石って奴がいて、軽くて調子のいい奴で……その村石と一緒にコンペに出ることになって、今日、プレゼンやったんだ」

村石という名前には聞き覚えがあった。入社してすぐの頃、同じ部署に配属になった同期がいると話してくれた。その時も「やたら調子がいい奴」と非難する口調で言っていたけれど、今回の電話では、同じ言葉の中に、友達をイジる時のような親しみがあった。

「そいつとは本当合わなくてさ。プレゼンの準備でも、全然意見合わないし、そいつ準備の途中で怒って帰るし。でも、プレゼンはうまくいったよ。ちょっとだけ、そいつのこと誤解していたかもしれない」

「そうなんだ」

優人の声は楽しそうに弾んでいたが、遙の気持ちは逆に沈んでいった。

久しぶりに声が聞けたと思ったら、「プレゼン」とか「コンペ」とか、聞き慣れない話ばかり。

そういうことの大変さは、遙にはよくわからなくて、曖昧な相槌を打つことしかできない。

優人はやはり、東京に行って変わった。前は、狭くて深い友達付き合いをするタイプで、苦手な相手とは距離を置いていた。それが今は、仕事だからとはいえ、真逆の性格の相手と仲良くなっている。

「遙？」

少しの間ぼーっとしていたらしく、優人に何度も名前を呼ばれてようやく我に返った。「よかったね、じゃあ今日は無理しないで、ゆっくり休んでね」――そんなことをすらすらと言って、電話を切った。

こうやって少しずつ、優人もわたしも変わっていくんだろうか。そんな不安が、じわじわと大きくなっていく。

恋愛は、お互いの気持ちがあって初めて成り立つもの。２つの片想いがお互いに向いてやっと両想いになる。それはもしかして、１つの奇跡なのかもしれない。

でも奇跡は、はかなくて壊れやすい。わたしたちは、それを守っていけるんだろうか。

遙はダッカール（クリップ）とシザー（ハサミ）を手に取り、カットウィッグの後ろに立った。ウィッグの長い髪の毛をすくい取って、目の前の作業に集中することにした。

ロングヘアだったカットウィッグをセミロングに仕上げた時には、0時近くなっていた。

遙はカットウィッグを見つめた。１００点満点とはいかないけれど、かなりイメージに近いスタイルにできたと思う。

鏡に写るカットウィッグは、目鼻をなぞった凹凸はあるけれど、目や口は描かれていないので無表情だ。そして遙自身も、同じ表情をしていた。口の端を上げて笑おうとするけれど、頬の筋肉がかすかに動くだけだった。

どうしてだろう。練習の成果は悪くないし、里加子にも褒められたのに。どうして笑えないんだろう？

遙は無理に笑顔を作るのをやめた。居残り練習をした場合でも、日付が変わる前に退店するのがルールだ。早く片付けを始めないと間に合わない。急いでカットウィッグと道具を片付け、散らばった髪の毛を掃除した。

休憩室のロッカーから荷物を取り出す。鞄の中で、スマートフォンの通知ランプがぽつんと光っていた。

1件の不在着信。発信元は優人。時間は1時間前。

慌ててかけ直したけれど、流れてきたのは留守番電話のアナウンス。メッセージを残さずに、通話を切る。

——また、すれ違いだ。

ため息をつく気力もなかった。遙はスマートフォンを握りしめた。

遠距離恋愛をすると、２人で決めた。お互いのやりたいことをあきらめないために、離れ離れでもそれぞれの場所で頑張ろうと約束した。

できると思った。大丈夫だと何度も言い聞かせた。

だけど——声が聞きたい、会いたい、一緒にいたい。わがままかもしれないけれど、そんな想いがあふれてくる。こんなに頑張っているのに、それでもつらいだけなら、いっそ頑張る理由をなくしてしまいたい。

優人が好きだ。その気持ちは変わらない。でも——少し、疲れてしまった。

遙はロッカーを閉め、正面の出入り口に向かって歩き出す。

帰り道で、もう一度だけ、優人に電話をかけよう。それでもし、優人が出なかったら……。

電気の消えた暗い店内を突っ切って、外に出る。居残り練習を繰り返したおかげですっかり慣れた手順で、鍵をかけた。

朝の天気予報の通り、外気は冷え切っていた。周りの店もほとんど明かりが消えて人通りも少なく、見た目にも寒々しい。

首にマフラーをぎゅっと巻いて、歩き出す。寒さで縮こまった首を伸ばして、前を向く。

「……え？」

遙は立ち止まった。

店の前の道に——優人が立っていた。

「え……え？　何で？　何でいるの？」

「何でって……来たから」

優人が、はにかんで笑う。

「だって今日、木曜だよ？　会社は？」

「午後から休んで、飛行機使った」

「でも明日、金曜日」

「代休もらった。この間の休日出勤の分」

１歩も前に進めないでいる遙に、優人が歩み寄る。

「ずっと、いたの？　ここに？」

「うん。電話出なかったから、まだ店にいるのかもと思って来てみたら、遥が練習してるのが見えたから」

「だからって、こんなに寒いのに……風邪ひくよ。声かけるか、せめてどこかお店に入って待ってればよかったのに」

「そうだね。でも遥の邪魔もしたくなかったし、終わったらすぐ会いたかったから。それなら、ここで待ってるのが1番いいと思って」

優人は、何でもないことのように言うが、寒さで鼻や頬が真っ赤になっている。

ああ、優人だ、と思った。こういう頑固で不器用なところは、変わっていない。遥のよく知っている優人のままだ。

「……この間、電話した時、何だか、遥が遠いところにいるって、急に思って」

遥を見つめながら、優人が静かに言う。

「でもよく考えたら、当たり前なんだよな。東京と松山で、遠距離恋愛で……遥は実際、遠いところにいるんだから。会いに行かなきゃ、会えないんだって思って」

「……うん」

「そしたら、遥にどうしても会いたくなって。オレ最近、仕事で余裕なかっただろ。遥に全然連絡してなかったなって、やっと気づいて。遅いよな」

「それは……」

仕方ないよ、と遙は言おうとした。いつものように、「優人は東京で頑張ってるんだから」「わたしは大丈夫だから」と言いかけて、里加子の言葉を思い出した。

──1人で抱え込まないで、ちゃんと周りにSOSを出すんだよ。

「……ばか」

遙は緩く握った右手で、優人の肩をパンチした。

「……返信、遅いし、少ないし。忙しいのかなって思ったら、電話もできないし」

「うん」

「本当はもっと話したいし、優人の話も聞きたいし」

「うん」

「……会いに行きたいし、来てほしい」

「うん」

優人は遙を抱き寄せる。大きな手が、優しく包み込むように頭をなでる。

優人の手は、優人の言葉だ。

まだ優人が松山にいた頃——2人で見た映画のハッピーエンドに、ほっとして微笑んだ瞬間。並んで散歩していた時に見えた虹が綺麗で、はしゃいだ時。東京に向かう夜行バスに乗る優人を見送りながら、どうしても別れの言葉を口にできなかった夜。

優人はいつも、そっと遙の頭をなでて、髪に触れた。気持ちを言葉にするのが苦手な優人の、不器用で精いっぱいの愛情表現だ。

付き合ってから今まで、優人から言葉で「好き」と言われたことはほとんどない。そのことに不安を感じた時もあったけれど、今は「それが優人らしさなんだ」と思える。言葉がなくても、手が優人の気持ちを伝えてくれるから、大丈夫——。

「遙、好きだよ」

耳元で聞こえた言葉に、遙は驚いて優人を見上げた。

「優人、今」

「……言葉にしないと伝わらないこともあるって、思ったから」

優人は照れくさそうに、けれど遙の目をしっかりと見つめた。

「ごめん。遙はいつも、大丈夫って言うけどさ……大丈夫じゃ、ないよな」

言葉にならない感情が胸の奥から湧き上がってきて、息が詰まりそうだ。

「……うん」

遙は、ささやくような声でやっと返事をした。

優人が東京に行って、自分たちの何かが変わってしまうことが怖かった。でも、変わることは寂しいばかりじゃないと、ようやくわかった。以前の優人からは聞けなかっただろう言葉に、遙は今、信じられないくらい満たされている。

大丈夫？　って聞かれたら、大丈夫だって答える。

強いなって言われたら、その通りって振りをする。

でも本当はずっと——大丈夫なんかじゃなかった。誰にも言えなかった。

自分でもなかなか認められないその気持ちを、優人は見つけ出してくれる。そのままの自分でいいんだって、受け止めてくれる。

遙は、優人の背中に両腕を回した。

「……寂しかった、よ」

やっと言葉にできた思いが、涙と一緒にこぼれ落ちた。

手をつないで歩く帰り道。優人がぽつりと言った。

「この間の連休、どこ行こうかって、いろいろ調べてて」

「うん」

「新しくできたショッピングモールとか、ちょっと遠いけど日帰り温泉とか。散歩してカフェ行くのもいいかなって」

「うん……ふふふ」

笑い出した遙に、優人は首を傾げる。

「え、何？」

「わたしも同じところ、調べてた」

「……そっか。でもこの時間じゃもう、どこも開いてないよな。遙は明日、仕事だし」

優人が申し訳なさそうにつぶやく。

「ね、優人」

遙はつないだままの手で通りの先を指さした。暗い道路にぽっかりと浮かぶ、コンビニエンスストアの明かり。

「あそこのコンビニ、24時間営業で、イートインスペースもあるの、それに」

「あの系列のコンビニでしか買えない新作デザートが、週替わりで発売になってるよな」

心なしか早口になる優人の手を、遙は引っ張った。

「ちょっと、それ、今わたしが言おうと思ってたのに」

「ごめん。……行こうか」

「うん」

2人で肩を寄せ合って、歩き出す。

もう寒くはなかった。つないだ手のぬくもりを、確かに感じられるから。

第2章

同期を想う

たまたま隣に　座っていただけ
たまたま同じ　チームの1人
趣味も違う　性格も違う
特技も違う　欠点も違う

誰とでも　すぐに話せるアイツと
じっくり考えてから　動き出す俺
不思議なくらい真逆な
デコボコ　コンビ

そう　だからこそ　激しくぶつかる
ライバルみたいに　はねつけあって
アイツのことを　理解できずに
自分の方が　正しいと思ってる

どちらかと言えば嫌いなやつ
本当ならば仲良くならない
なのになのになのになのに
デコとボコがハマれば
楽しくて

行こうか

「社長の話、長いな」

その声は、村上優人の左側から聞こえてきた。

系列のグループ会社を集めた合同入社式の会場で、親会社の社長がスピーチをしている真っ最中のことだ。かれこれ30分前から同じところをループしている話を聞き流しながら、優人は引っ越しの荷物の片付けについて考えていた。

数秒経ってから、その声が自分に話しかけているのだと気づく。

少しだけ首を回して目を合わせると、隣の席の男はにこにこと笑っていた。周囲の沈黙を気にしながら、優人は低い声で答えた。

「……そうかな」

「真面目だな」

「そんなことないよ」

「しかも、あのネクタイ、ださくね?」

――話しかけないでほしい。

それが優人の正直な感想だった。ささやき声とはいえ、周囲には丸聞こえだ。社長のスピーチ中の私語、しかも内容が内容とあって、左右や後ろからちらちらと視線を感じる。本人にしてみれば、「空気は読むものではなく吸うもの。だから俺は言いたいことは言っちゃいます」というアピールなのかもしれないが、自分を巻き込まないでほしかった。

会場の席は会社ごとにブロック分けされているので、隣の席にいるということは、優人と同じ会社——ＰＲ専門会社「Think Better」の新入社員なのだろう。つまり、同期だ。無視するのも気まずいが、この状況で会話を続けたくはない。

優人が迷ったちょうどその時、タイミングよくスピーチが終わった。会場から拍手が沸き上がり、優人もそれに合わせて手を叩く。隣の男は3、４回手を鳴らしてから、また優人に話しかけてきた。

「俺、村石翔太(むらいししょうた)」

会場は拍手の名残りとアナウンスでざわついていて、今なら話しても問題なさそうだ。

「……村上優人です」

「村上、これからよろしくな」

村石が握手の形に手を差し出す。芝居がかった動作を気恥ずかしく思いながら、優人もその手を握ろうとする。しかし、優人の手は空をつかんだ。

「は？」

村石が差し出していた手を上げて、優人の手に空を切らせたのだ。何をしたいのか、全然意味がわからなかった。

「冗談だって」

あぜんとする優人の手を今度こそ握って、村石は笑った。優人より背が高く、がっしりした体格だが、表情は人懐っこい。悪気はないのだろうが、その明るさが逆にこちらを馬鹿にしているようにも思えてしまう。

——なんかイラッとする奴。

それが、村石翔太の第一印象だった。


入社してからは、とにかく目まぐるしい毎日だった。

地元の松山から上京してきた優人にとっては、仕事だけではなく生活の何もかもが新しい。1週間の座学の研修のあと、実務的な研修もこなしたものの、いざ配属されてみると、研修通りにいかないことばかりだった。あっという間に、入社して半年が過ぎた。

ようやく馴染んできた自分のデスクで、優人は黙々と前日の会議の議事録をまとめていた。その横で雑談に興じている、同期と隣の部署の先輩の声を極力シャットアウトして。

「おい、村石、聞いたぞ。お前、本部長との懇親会でつぶれたんだって？」

「えっ、何で三瀬(みせ)さんが、それを知ってるんですか」

「いや、みんな知ってるって。新人がつぶれて、超迷惑をかけたって」

「えー、マジっすか、恥ずかしー」

何の因果か、入社式で話しかけてきた同期の村石翔太は、優人と同じ部署に配属され、ことあろうに隣のデスクに座っている。配属初日のあいさつで「全力で盛り上げていこうと思ってます！」とおどけて笑いを誘ったお調子者は、業務時間中も騒がしい。聞いてもイライラするだけだとわかっているのだが、つい無意識で聞き耳を立ててしまう。

「おい、村石」

離れた席に座っている部長が、内線電話片手に声を張った。

「経理部が、上半期の予算管理表の内容について聞きたいって言ってるぞ」

「え、僕宛ての電話ですか？　予算管理表のことで？」

「ああ、村石にって言ってるぞ」

「えー……そんなの経理部に出したっけ」

村石は、けげんそうに首をかしげている。優人はため息を飲みこんで、手を挙げた。

「部長、それ、僕が提出しました」

「ああ、村上のほうか」

「すみません、よく間違えられるんです。電話回していただけますか」

――覚えられてないんだな、オレの名前。

そんな卑屈な思いを打ち消して、できるだけ平然と振る舞う。

「はい、村上です。……はい、その部分の計算は……」

転送されてきた電話に対応しながら、三瀬と雑談を再開した村石を横目で見る。

「ほら村石、隣の真面目な同期を見習えよ。ちゃんと仕事してんだろ」

「だって、三瀬さんが話しかけるからでしょ」

「人のせいにするなよ。やっぱ、人事部って、バランスとってんだな。お前のテキトーさを補ってるもんな、村上の真面目さは。それに比べてこっちの新人は……今日も二日酔いなんだろ」

「それも、三瀬さんが昨日呼び出したからでしょ」

「それもそうか。ハハハ」

三瀬と村石の笑い声で電話相手の声がかき消されてしまい、優人は「すみません、もう一度お願いします」と頼む羽目になった。

村石は他部署にも顔が広い。三瀬と親しくなったのは、同じ部署の先輩の橋本に深夜呼び出されて一緒に飲んだのがきっかけだと前に話していた。村石と同じ部署の先輩は、つまり優人にとっても先輩なのだが、優人には呼び出しは来なかった。そういうことは今までに何回かあって、どうやら優人は「深夜の急な飲みの誘いには付き合わない、堅物で真面目なキャラ」だと思われているらしい。

優人にしてみれば、自分のキャラを勝手に決めつけられていることに納得がいかない。同じ部署の橋本はともかく、三瀬とはほとんど話したこともないのに。

優人だって、学生時代は友人の部屋でつぶれるまで酒を飲んだり、くだらないゲームで朝まで盛り上がったりしていた。誘われれば飲みに付き合うつもりだし、村石のように、他の部署の先輩たちとのつながりも作りたいと思っている。それなのに、「真面目」というレッテルを勝手に貼られて、勝手に遠慮されている現状は不本意だった。

かといって、それほど親しくない相手に自分からぐいぐいと話しかけに行くタイプでもない優人は、どうやって距離を縮めたらいいのか、考えあぐねている。

電話を切った直後に、12時を告げる音楽が鳴り始めた。昼休憩の時間だ。

三瀬が伸びをしながら、村石の肩を叩いた。

「村石、飯行くか」

「行きます、行きます。村上もどう？」

「え？」

急に呼ばれてとまどう優人に、村石はオフィスの出入り口を示す。

「飯だよ。一緒に外行かね？」

「あ、いや……。オレは、まだやることあるから」

「そっか、わかった」

「あ、村石、ちょっと」

財布だけ持って出て行こうとする村石を、優人は慌てて呼び止めた。

「今日の午後のクライアント訪問、、オレ、用事あるから先に出る。だから現地集合な」

「オッケー、遅刻すんなよ」

村石はにやっと笑って、そのままオフィスを出て行った。

2時間後——集合時間の14時。クライアントのオフィスが入ったビルの前にいるのは、課長の西田と優人の2人だけだった。

「村上、村石とは一緒じゃないのか？」

心配そうに表情を曇らせる西田に、優人は「すみません」と頭を下げた。

「昼は別行動だったんで、ちょっとわからないんですが……」

「別行動？　もしかして、仲が悪い……とか？」

「あ、いや、そんなんじゃなくて」

「ごめん、ごめん、冗談だよ」

「すみません……。電話も、来てないですね」

スマートフォンをチェックしてみても、メールも電話も来ていない。

「電話してみます」

村石に電話しようとしたところで、「すみません！」と聞き覚えのある声が後ろから飛んできた。

「村石、何かあったのか？」

「すみません！　それがひどい話で、聞いてくれますか？　昼食べに行ったら、全然料理出てこないんですよ！　さすがに焦りましたよ！」

ばたばたと走ってきた村石は、髪の毛はぼさぼさで、ネクタイの先端が胸ポケットにしまわれている。昼食時に邪魔にならないよう、ポケットに入れてそのまま、という姿が想像できた。

「ああ、なるほど。でも、次からは、食事より約束のほうを優先するように」

温和な西田は苦笑いで済ませているが、本来なら説教されてもおかしくない。15分前に集合場所に着いていた優人にしてみれば、社会人の自覚が足りないとしか思えなかった。しかも今日は、自分たちがプレゼンテーションをしなくてはいけない日だというのに。

「Think Better」は、ＩＴ企業やスポーツ用品関連の外資系企業を主な顧客とするＰＲ会社だ。優人たちが所属する企画営業チームは、商品や企画の宣伝戦略を提案して契約を取ってくる、いわば営業の最前線である。

とはいえ、今日のプレゼンテーションは、入社半年程度の新入社員に任せられるレベルなので、そう難しいものではない。クライアントは、付き合いの長い「お得意様」のスポーツ用品メーカーだ。今年度の4月から9月までの実績を報告し、下半期の方針を提案するという20分足らずの短いものである。西田からは、「新入社員の顔見せが目的だから、気楽に」と説明されている。

エレベーターの中で、村石は慌ただしく髪をなでつけ、ネクタイを直していた。その横で優人は静かに緊張していた。プレゼンテーション用の資料は村石と2人で作成し、西田のＯＫ

をもらった。前半の４枚を村石、後半の４枚を優人が説明するという分担になっていて、簡単なリハーサルも昨日のうちに済ませてある。段取り通りにやれば、問題ないはずだ。

そう思っていたのだが――。

先方の担当者と会い、会議室に通される。担当者は山内といって、西田と同じ40歳前後に見えた。西田とは付き合いが長いようで、「どうもどうも」と笑顔を交わしている。優人と村石は名刺交換と自己紹介を済ませ、いよいよプレゼンテーションを開始する。

しかし、段取り通りに進んだのはそこまでだった。

「御社の『Sky Runner』シリーズ、僕も大好きなんです！　機能性、デザイン性、カラーバリエーションの豊富さ、本当に素晴らしいですよね！　スニーカーといったらやっぱり『Sky Runner』ですよ」

村石が身振り手振りを交えて熱弁し、山内が丸々とした顔を満足げにほころばせる。

「そう言ってもらえると嬉しいなぁ」

「僕は今、２０２４モデルを愛用しているんですが、買う時にどの色にするか、１時間以上も悩みましたよ」

「ははは」

和やかな談笑の横で、段取りを見失った優人はとまどっていた。ノートパソコンに映された資料は表紙から1ページも先に進んでいない。持ち時間は20分のはずが、もう半分近くを村石が使ってしまった。しかも、雑談で。

横目で西田の様子をうかがってみるが、微笑んで村石を見ているだけで、止める様子はない。優人が対応に迷っていると、村石が「というわけで！」と声を張った。

「上半期はＳＮＳと動画サイトを利用した宣伝が効果を上げ、10代から20代の間での認知度が高まりました。こちらが前年の上半期との対照グラフです」

村石はノートパソコンに手を伸ばすと、苦労して作った資料をすべて飛ばし、最終ページのグラフを山内に見せて胸を張った。

優人は言葉も出なかった。資料を作った意味は？　リハーサルの必要は？　それに後半の説明は優人の担当だったはずだ。しかし、クライアントである山内の前でそれを言うわけにもいかないと、懸命に不満を飲み込む。

「なるほど、これはわかりやすいですね」

山内はグラフを見てうなずき、急に真顔になった。

「では、ひとつだけ質問いいですか？　上半期の失敗や改善点をあえて挙げるなら、それは何ですか？」

「えっ」

村石が笑顔のまま固まった。

「いえもちろん、Think Betterさんのお仕事には大変感謝していますし、信頼もしています。しかし、グラフを拝見すると、確かに下がってはいませんが、上昇幅は緩やかです。現状維持は衰退と同じ。下半期には、より効果的な戦略を打っていきたいのですが」

「ええと、それは」

明らかに焦る村石を見て、優人は自分のノートパソコンを山内に向け、深呼吸した。

「山内さん。ご指摘の点ですが、ミドル層やシニア層への宣伝戦略が挙げられると思います」

優人は、村石が飛ばした資料前半のグラフを画面に表示した。上半期の主な購買層を、年齢層別に色分けした円グラフだ。

「10代から20代向けの宣伝を充実させた結果、『若者向け』というイメージが強くなり、ミドル層やシニア層への食い込みが弱まってしまったところがあります。しかし、昨今のランニングブームで40代以上のランニング愛好者が増えつつある今、より高い年齢層への宣伝戦略も充実させるべきと考えています」

村石の視線を感じながら、早口にならないように説明する。

そもそも、村石が勝手に資料を飛ばすからこういうことになるのだ。段取り通りに進めていれば、何なく対応できる質問のはずだ。村石がアドリブのトークを得意にしているのはよくわかったが、口先だけできちんとしたプレゼンテーションを乗り切れるわけがない。

「なるほど、わかりました」

優人が話し終わると、山内はまた人のよさそうな笑顔に戻った。

「わかりやすい説明でした。西田さん、今年の新人さんたちは面白いですね」

山内は、優人と村石を見て穏やかに言った。

「山内さんに褒めてもらえたぞ。君たち、いいコンビになりそうじゃないか」

西田の言葉を聞いて、優人は即座に思った。

——冗談じゃない。


何とかプレゼンテーションを無事に終えた後、オフィスに戻った優人は、翌々日の土曜日の準備をしていた。

北海道内で展開しているスキー用品の販売店の社長が、急きょ東京に視察に来ることになり、その運転手を務めなくてはいけなくなったのだ。これも、クライアントへの新入社員紹介を兼ねているらしい。先月の別の視察の運転手は村石が務めたので、今度は優人というわけだ。

本当なら、この3連休は地元の松山に帰るつもりだった。遥も楽しみにしてくれていたのに、この休日出勤のために優人が帰れなくなってしまった。メッセージでは「大丈夫」と言っていたが、本当はがっかりしているだろう。仕事の都合で約束を守れないことは、実は初めてではない。それだけに、いっそう罪悪感が募る。

村石に帰省の予定があることを話せば、運転手役を代わってもらうこともできたかもしれない。しかし、クライアントと人脈を作る機会をみすみす村石に譲るのも悔しいし、何より村石に借りを作りたくなかった。

視察先を回る行程表を作っているうちに、定時を告げる音楽が鳴り始めた。それを待っていたかのように、村石が横から話しかけてくる。

「なぁ、村上、今日、飲まね？」

「今日？」

「アテンドって、明後日だろ？　明日休みだから、今日飲んでも平気じゃん。コンビ結成祝いに、サシ飲みしようぜ！」

「コンビ結成祝い？　あぁ……」

西田の言葉を素直に受け取れなかった優人と違って、村石は屈託なく喜んでいるようだった。

優人は卓上カレンダーを見た。明日——11月3日の金曜日は祝日で、会社は休みだ。クライアントのアテンドは土曜日。今日少し帰りが遅くなっても、明日1日あれば明後日には支障は出ないだろう。

思えばこの半年間、隣同士で仕事をしてきたのに、村石とは2人で飲みに行ったこともなかった。西田の冗談を真に受けたわけではないが、確かに「仲が悪い」とからかわれても仕方ないのかもしれない。

研修が終わって配属が発表された時、「新入社員は、最初の2年間は部署異動がない」と言われた。ということは、村石とも最低あと1年半は同じ部署で働くことになる。正直に言って気が合うタイプではなさそうだが、「うまくやっていきたい」とは優人も思っていた。同僚とのコミュニケーションも仕事の一環だろう。

「……そうだな、行くか」

「お、そう来なくちゃ！」

「これ、まとめてからでいいか？　30分くらいで終わると思う」

「オッケー！　俺、先に出てるから、終わったら電話して。じゃ、お疲れ」

　意気揚々と席を立つ村石を見送って、優人はパソコンに向き直った。


　ぐらぐらと、脳を振り回される不快感。いや、体ごと揺さぶられているようだ。

「村上君、ごめん、起きて、村上君！」

　耳元で聞こえる大声に、渋々目を開ける。自分の部屋の天井と、心配そうな表情の女性の姿が視界に飛び込んできた。黒髪のショートボブ、大きな目、少ししわの寄ったスーツ。

「え？」

「あ、よかった、起きた！」

「……小松崎？」

　ほっとした様子の女性は、同期入社の女性社員で、優人や村石とは違う部署に配属された小松崎真由だった。同期ではあるが、優人は、さほど親しいわけではない。

　どうして真由が、優人の部屋にいるのか？

　混乱したまま、優人は起き上がった。スーツを着たままベッドの上にいる自分。カーテンレールにぶらさがった洗濯物。壁際のテレビ、スチールラック、その前に置かれたローテーブル。

部屋の様子はいつも通りだが、そこにいるはずのない同期がいる。

　昨日の夜、村石と飲みに行ったのは覚えている。最後に時計を見た記憶は深夜1時かそのあたりだ。そして今は朝――目覚まし時計は朝5時半を示している。カーテンのすき間からうっすらと光が差し、散らかった部屋を照らしている。

「村上君、もしかして、記憶ない？　相当酔ってたもんね」

「いや、なくはない……と思うけど……」

　真由に苦笑いされながら、優人は記憶を呼び戻そうと頭を軽く振った。

　村石と飲みに行き、なんだかんだで酒が進んだ。1軒目がスポーツバーだったせいもあるだろう。中継されていたサッカーの試合が盛り上がり、チーム名も知らないのに妙に白熱して応援してしまった。村石は、「村上ってこういうの熱くなるタイプなんだな、意外！」と、ゲラゲラ笑っていた。

　2軒目で、村石が「誰か呼ぼう」と言って片っ端から電話をかけ始めた。そして途中から合流したのが真由だった。

　そこからは3人で飲んだ。真由もかなり酒に強い口だったので、それはもうとにかく飲んだ。優人が思い出せるのはそこまでだ。

「ごめんね、わたし、ちょっと急いで出なきゃいけないから、鍵だけかけてもらっていい？」

「ああ、うん」

真由に急き立てられ、優人はのろのろと立ち上がる。

玄関で靴を履いた真由は、くるりと振り返って微笑んだ。

「いろいろごめんね、勝手にお風呂まで借りちゃって」

「風呂？」

「昨日はありがと。楽しかったよ、また飲もうね」

思いがけない展開に、優人は1人取り残されそうになる。

「ちょ、ちょっと待って」

「何？」

「む、村石は？」

「翔太？　先に帰ったよ。じゃあね」

真由は手を振って、玄関を出て行った。

「……っていうか、風呂？」

呆然としたまま、優人は風呂場を見に行った。壁やタイルが濡れていて、シャンプーの香りが漂っている。洗面所には濡れたバスタオルが干してあった。

つまり真由は、昨夜この部屋に泊まって、風呂を使った……のか？

優人はよろよろとベッドに戻り、スマートフォンを見た。23時過ぎに不在着信が1件、遥からだ。そして深夜1時半過ぎ、記憶はないが優人自身がメッセージを送っていた。「電話でれなくてごめん」。これはまだ未読だ。

遥が事前の連絡もなしに電話をかけてくることは珍しい。しかも、こんな夜遅くに。

最近はずっと、自分の都合で遥を振り回している自覚があった。上京してきてから新しい生活や仕事に慣れるのに精いっぱいで、電話やメッセージのやりとりも途切れがちだ。

上京した当日、遥がくれたメッセージを思い出す。

――お互いに、今の場所で頑張ろうね。

遥はいつも前向きな言葉をくれる。本当は寂しさや心細さを感じているはずなのに、強がって、周りに心配をかけないように。遥のそういうところを愛しいと思うし、無理しすぎないように支えたいと思っている。

思っているのに――結局我慢させている。この連休に会う約束だって、優人の仕事の都合で取りやめになった。

しかも昨日の自分は、酔っぱらって、女性を部屋に上げて、泊めた……らしい。

優人の背筋を、冷たい汗が伝っていく。いくら記憶を掘り起こそうとしても、覚えているのは3軒目あたりの居酒屋で飲んでいたところまでだ。部屋に戻ってからのことは、いっさい思い出せない。

真由のあっさりした様子からして、おそらくただ寝る場所と風呂を貸しただけ、だと思う。優人は酔うと眠くなって熟睡する体質だ。これは高校時代の友人たちから何度も言われたことだから間違いない。今回もおそらくそうだと思うが——こんなことなら、さっき真由にさりげなく聞いておけばよかったものを、後の祭りだ。

遙と付き合ってすぐの頃、遙が男友達と2人で食事に行ったことで、軽い喧嘩になったことがあった。優人のやきもちが原因で、それ以来、異性の友達と2人で会う時は事前にお互いに伝えることにすると約束した。

しかし今の状況は、食事どころではない裏切り行為ではないか？

とにかく、遙には絶対に知られるわけにはいかない。昨日の夜の電話に出なかったことやかけ直さなかったことを、すでに「おかしい」と思われているかもしれないが、本当のことはとても言えない。

それとも、黙っているほうが不誠実なのだろうか？　でも、遥をいたずらに傷つけるくらいなら、優人が1人で罪悪感を背負って隠し通すべきではないか？　遥を大切に思う気持ちは、決して変わっていないのだから。

遥、ごめん、本当にごめん。何でこんなことになったんだろう……。

優人は自己嫌悪と後悔で深くため息をついた。

週明けの月曜日、朝9時。30分前に出社した優人と違い、村石はいつものように朝礼の5分前にオフィスに滑り込んできた。

ばたばたとパソコンを開いて準備する村石を見ながら、優人は飲んだ日のことを尋ねるべきか迷った。かといって、何を尋ねるのか。あの夜何があったのかと正直に聞いて、からかわれるのも嫌だった。真由を置いて先に帰ったことを、優人がとがめるのもおかしな話だ。

結局優人は、「おはよ」と声をかけるだけにした。挨拶を返す村石は、なぜか妙に機嫌がよい。が、理由を尋ねる間もなく朝礼が始まった。

朝礼は各チームごとに毎週月曜日に行われ、前の週の報告と今週の予定の確認、それに連絡事項の通達が行われる。優人と村石の所属する企画営業チームも、20人ほどのメンバーが正面のホワイトボードを囲むようにして集まった。

いつも通り、前週の報告と今週の予定を告げてから、部長は表情を和らげた。

「それから、先月は村石が頑張った。新規の客先を4件担当して、4件とも成約した。頑張ったな。営業に配属された1年目社員の中でも、トップの成約数だ」

「はい！　これからも、どんどん奇跡を起こします！　任せてください！」

村石が大声で返事をする。浮かれていますと言わんばかりの声色に、周囲から和やかな笑いが漏れた。次いで拍手。村石はガッツポーズを決めて、笑顔の先輩たちに小突かれている。

企画営業チームでは、新規の顧客開拓も新人の仕事の1つだ。とはいえ飛び込み営業をさせられるわけではなく、紹介や問い合わせから始まることが多い。すでに取引のある会社の横のつながりからの紹介や、同じ会社の中の他部署や違う案件の打診、それに展示会やイベントで担当者と知り合って、仕事に発展することもある。

よほどの大型案件でない限り、新規案件は新人が主担当になり、先輩のフォローを受けつつ契約締結を目指す。大体月に7、8件は新規案件が持ち込まれ、優人と村石が交互に担当を振られていた。優人も先月、村石と同じ4件のチャンスがあったが、成約したのは1件だけだ。2件はまだ交渉中で、1件はキャンセルになった。

契約が取れるかは、先輩に言わせれば、「運とタイミング」によるらしい。こちらがどれだけ良い提案を出しても、先方がそもそも冷やかしで連絡してきただけということもある。それは優人も理解しているが、村石に負けたことは、正直悔しい。

村石が、この仕事に「向いている」のは確かだ。人懐っこく、話がうまく、話好き。羽目を外して馬鹿をやり、呆れられながらも年上に可愛がられるタイプ。職場のいろいろなメンバーと昼食や飲みに行っているので、顔が広く情報通だ。

例えば「パソコンの調子が悪い」「書類の書き方がわからない」などのちょっとしたトラブルに直面しても、村石には気安く助けを求められる相手が社内に何人もいる。クライアントに対してもそれは同じで、隣の席で電話を聞いていれば、村石が相手とどれだけ打ち解けているのかが嫌でも耳に入る。あんな風に相手の懐に飛び込むやり方は、優人にはできない。

だが、あえて真似しようとも思わない。仕事は「それだけ」ではないはずだと、優人は思っているからだ。

優人は高校時代、バスケ部に入っていた。スポーツの世界でも、身長や体格といった「適性」がものをいう部分があるのは確かだ。でも、それだけではない。毎日の練習、筋トレ、ライバルチームの研究。こつこつと積み重ねた「努力」があって初めて、表舞台に立てる。そう思って、優人も友人と競い合って練習に打ち込んだ。チーム自体は弱くて、地区予選も突破できなかったが、仲間とともに汗を流した日々はかけがえのない経験だったと胸を張って言える。

だからこそ、村石の成功を素直に喜べない部分がある。

優人が考え込んでいる間に朝礼が終わり、それぞれが自分の仕事に戻っていく。優人も自分のデスクに戻り、30分後に始まる会議の資料の準備を始めた。十数枚の資料をクリップで留めて束にする作業を、黙々と繰り返す。単純だが数が多いので、手間と時間をとられる作業だ。

横目で村石を見ると、スマートフォンで誰かと話して笑い声を上げている。優人が資料を準備していることには、まったく気づいていない。

優人が村石を素直に認められないのは、こういうところがあるからだ。

会議の資料準備、議事録、毎月の予算資料作成。これらは基本的に新入社員の仕事なのだが、村石はそういう事務作業が苦手らしく、締め切りが迫ってもなかなか手をつけようとしない。隣で見ている優人のほうがやきもきしてしまい、つい手を貸す——というのを春頃に何度か繰り返したら、いつの間にかすべて優人の仕事になっていた。

チームの現状や方針を知る上で勉強になるから、こういった作業は無駄ではないし嫌ではない。なぜ村石は優人に仕事を丸投げしてけろっとしているのかと、釈然としない。

「村上、この資料のグラフについて、ちょっといいか」

「あ、はい！」

西田に呼ばれ、優人は気持ちを切り替える。

自分は自分のやり方で進むだけだと言い聞かせて——「先月の成約率100パーセントですよ、俺！　すごいでしょ！」とはしゃぐ声を、頭から追い出した。


同期で急な飲み会が開かれたのは、その数日後のことだった。同期の1人が結婚するという報告があり、まずは集まれるメンバーだけで祝うことになったのだ。

「Think Better」には大阪支社もあるが、新入社員は基本的に全員東京本社に配属される。突然の飲み会だったが、同期20人のうち半数以上が参加することになり、なかなか大がかりな会になった。

「それでは、さっさと抜け駆けした山本に乾杯！　幸せになれよ！」

「ありがとー、翔太！」

居酒屋のど真ん中の長テーブルで、村石が声を張り上げてジョッキを掲げ、すでに酔っぱらっているらしい主役の山本と乾杯している。どこにいても、いつの間にか人の輪の中心にいる奴だな、と優人は思った。

優人自身は先日の反省もあって深酒を避けたいので、騒がしくないメンツに交じって端のほうに座っている。いつも隣で見ている顔を、こんな時にまで見ている必要もない。それより、普段なかなか話せない同期と交流したかった。同期同士で連絡を取り合ったり飲みに行くこともあるが、十数人もいると、しばらくぶりという相手もいる。

お互いの仕事内容やチームの雰囲気、就活の苦労話を話しているうちに、時間はあっという間に過ぎていった。

「ラストオーダーでーす」

店員顔負けに慣れた調子で言いながら、優人の前の空席に座ったのは村石だった。顔は赤いが、深酔いしているわけでもなさそうだ。村石はよく深夜に飲みに呼び出されているらしいが、朝ギリギリに出社することはあっても遅刻したことはない。酒に強いのだろう。

「村上、飲んでる？」

「あぁ」

「いいねー。今度また、サシ飲み行こうぜ！」

「あー、うん」

「え、何その返事」

煮え切らない返事になったのは、酔った村石が普段の5割増しにうるさくて面倒くさい、という理由もあるが——何より、あのサシ飲みの後の失態を思い出すからだ。あれ以来、村石とも真由ともあの出来事について話はしておらず、ことの真相は闇の中だ。かといって、あっさり忘れ去ることもできず、優人はチクチクとした罪悪感にずっと苛まれている。

「あ、ムラムラコンビじゃん！」

大声を上げて村石の隣に座ったのは山本だ。こちらは明らかに顔が真っ赤で、足元も少しふらついている。

「山本、おめでとう。……結構酔ってるな、大丈夫か？」

「まーね！　ムラムラコンビはどう!?　いい感じ!?」

そのあだ名は本当にやめてほしい、と優人はげんなりした。小学生みたいなネタだ。

しかし村石は気に入ったらしく、「そう！」と言って立ち上がった。

「俺たちは息ぴったりのムラムラコンビだ！　でもムラムラはしてない！　村上には遠距離恋愛中の彼女がいるし、俺はモテモテだから！」

言いながら、村石がテーブル越しに優人の肩に手を回そうとする。強引に立ち上がらされて、優人はバランスを崩しそうになった。

「おい、村石！　やめろって、危ない」

体を支えるためにとっさに出した手が、誰かのグラスに当たった。甲高い音をたててグラスが倒れる。中身はほとんど空だったが、溶けた氷が流れ出した。

「あー、もう、だからやめろって言っただろ」

優人は村石の手を振り払って、自分のおしぼりでテーブルを拭き始めた。

だいたい、どうして村石が遙との遠距離恋愛のことを知っているのか。こうやってイジってくるのが目に見えていたから、村石には話さないようにしていたのに。考えられるのは、この間酔って記憶を失くした時に話してしまったという可能性だが……それなら村石はどうして、恋人がいる優人と真由を2人きりにして先に帰ったのか。村石のその無神経さのせいで、優人はあれからずっと、後ろめたさに悩まされているのだ。

八つ当たりが含まれていると自覚はあるが、苛立ちがおさまらず、テーブルを拭く手がつい荒っぽくなった。

「……村上ってさぁ、何でそうなの」

「え？」

顔を上げると、不機嫌そうな村石と目が合った。いつも笑っている村石には珍しい表情だ。

「村上、当たり強いじゃん。俺に」

「別に、そんなことないだろ」

「あるって。同じ部署で、同じチームで、俺は仲良くやりてーなーって思ってるのに、何でそういう感じなわけ？」

「しょ、翔太？」

隣の山本がおろおろし始めた。主役を置き去りにする申し訳なさを頭の片隅で感じつつ、優人も黙っていられそうになかった。

「『何で』じゃないだろ？　気使ってんのはこっちだよ」

「え、ちょっと、村上」

「村石はさ、会議の準備も議事録も予算資料作成も、何もやんねーよな。それ、全部オレに回ってきてんだよ。わざわざ言うほどのことでもないから黙ってたけどさ」

「は？　……嫌なら言えばいいだろ!?　言いたいことも言えないくせに、あとでぐちゃぐちゃ文句言うなよ」

「そうやって人に面倒ごと全部押しつけて、何がコンビだよ。オレはオマエの部下じゃねーから。調子よすぎるんだよ」

「いや、お前さ」

「ストップー!!」

優人と村石の間に、山本の手がひゅんっと振り下ろされた。

「落ち着こう、とりあえず落ち着こう。ね？　みんなびっくりしてるから！」

周りを見ると、ほかの同期たちが心配そうにこちらを見ていた。

やってしまった。

ちらりと向かいを見ると、村石も気まずそうにそっぽを向いている。

「……よし！」

明るい声を出したのは、山本の斜め向かいに座っていた真由だった。

「ほら、そろそろいい時間だし！　主役の山本くんから、一言もらおう！」

「え、い、いきなり!?」

「じゃあインタビュー形式にする？　えー、プロポーズの言葉は？」

真由と山本のやりとりで、張り詰めた空気が徐々に平常に戻っていく。

優人は黙って座り、村石から視線を外した。

この時ばかりは、お互い同じことを思っているだろう。

――こいつとは、絶対に合わない。

翌朝、いつものように優人は始業30分前に出社し、村石は5分前ギリギリに来た。

「おはよ」「おう」という挨拶もいつも通り。どちらも飲み会の話は出さなかったし、謝らなかった。こうしてうまく流していくのが大人の付き合いだなと思いつつ、優人は村石から少し距離を取って座ったし、村石はいつもより口数が少なかった。

しかし、こういう時に限って、気まずいことは続くものだ。

「村上、村石、ちょっと」

会議室に2人揃って呼び出される。昨日の口論のことが西田の耳に入ったのかと思ってひやりとしたが、西田の用件はまったく違っていた。

「PR企画コンペ……ですか」

「そう。君たち2人で、どうかと思ってね」

西田から渡されたのは、「第17回　PR企画コンペ開催のお知らせ」と書かれた紙だった。業界の若手社員を対象とした恒例イベントだそうだ。

主催は、有名な海外のスポーツ用品メーカーの日本支社だ。ＰＲ業界の若手社員を対象に、自社の商品の宣伝企画をプレゼンテーションするコンペを毎年開いているらしい。コンペで高い評価を受ければ、企画が通ることもある。とはいえ、参加資格が入社３年目までと若手に絞られているので、参加者からすれば「人脈づくり」や「自己ＰＲ」、主催者からすれば「斬新なアイディア発掘の場」として機能しているとのことだ。参加は個人、または３人以下のグループでも認められる。

「いくら若手限定といっても、入社1年目の社員が参加したことはほとんどないんだが……この間のプレゼンで君たちは息ぴったりだったから、ひょっとしたらいけるんじゃないかと思って」

「そう……ですか？」

優人には息ぴったりだった記憶などないが、曖昧にうなずく。

「連絡がきたのが遅かったから、準備期間は結構ギリギリになるんだが」

「どれくらいですか？」

「プレゼン本番が11月27日だから、だいたい２週間だな。で、プレゼンは30分」

「２週間で、30分の企画プレゼンですか……」

通常業務と並行して準備を進めることを考えると、時間的にも体力的にも厳しくなるだろう。何より組む相手が——と考える優人の隣で、村石が「はい！」と声を上げた。

「やります！　やりたいです」

優人は驚いて村石を見た。一瞬だけ目が合ったが、村石は昨日の口論などなかったかのように平然としていた。「全然気にしていませんよ」と余裕を見せつけているかのようだ。

「そうか。村上は、どうだ？」

「……やります」

ほとんど反射的に、優人は答えていた。

もちろん、コンペそのものに対する興味とやる気はある。組む相手が村石だということでためらってしまったが、向こうが何もなかったように振る舞うなら、優人も同じようにするだけだ。自分だけがわだかまりを引きずっていると思われたくはない。

西田は満足そうに微笑んだ。

「わかった。じゃあ、申し込みはこちらでしておくから。2人でよく話し合って、準備を進めてくれ。あぁ、これは仕事の一環だから、プレゼン準備なんかで残業する場合は、ちゃんと申請するように」

「ありがとうございます」

「それと、この会議室はあと10分押さえてあるから、このまま使って話し合ってもいいぞ」

それじゃあお先に、と西田は出て行った。残された優人と村石は、顔を見合わせる。

「……で、どうする？」

時間を無駄にしないようにと、優人は単刀直入に切り出した。村石も無駄話をするつもりはないようで、真面目な表情だ。

「それなんだけどさ、俺、1つアイデアがあって」

「プレゼンの？」

「そう。この間、20分くらいのプレゼンやっただろ。スニーカーの『Sky Runner』シリーズを出している会社でさ」

「あぁ」

不本意ながら、西田に「いいコンビ」と認定されたあの時だ。

「あの資料、使えると思うんだよね。特にスニーカー関連は、市場動向とか最近のトレンドとか、かなり詳しい資料があったじゃん。俺はもともとスニーカー好きだし、村上も元バスケ部なら、馴染みあるだろ？」

「そうだな。それなら、プレゼンのテーマはスニーカーにするか」

何でもない風に答えながら、優人は内心、すぐにアイデアを思いついた村石の発想力に驚いていた。お調子者の村石のことだから、単純に勢いだけでコンペ参加を決めたと思い込んでいた。それに優人がバスケ部出身だと覚えていたのも意外だった。確か、入社当時の研修の合間、雑談ついでに軽く話した程度だったのだが。

それからお互いの今後のスケジュールをすり合わせて、打ち合わせの会議室を予約する。そこでタイムリミットが来て、あとは今日の業務後に、と解散した。思ったよりスムーズに話が進んで、優人は拍子抜けしたくらいだった。

しかしその考えは、あっさりと覆されることになる。

準備期間の2週間のうち、前半の1週間は手分けして資料集めに費やした。充分に材料が集まったところで、発表の役割分担を決める。発表用の資料と原稿の前半を村石、後半を優人が作って合体させることにした。

滑り出しは、順調だった。しかし、滑り出してからは、壁しかなかった。

コンペまであと3日と迫った金曜日。本番は月曜の午後なので、今日が最後の打ち合わせだ。

「だから、村上のスライドは、字が多いんだって」

実際の発表を想定したリハーサルのあと、村石はぐったりした様子で机に突っ伏した。

「んなこといったって、これ以上削れないんだよ」

ホワイトボードの前に立っていた優人もため息をつく。

打ち合わせ用に予約した小会議室は、長机3台とホワイトボードでいっぱいになるような小部屋だ。窓の外は真っ暗で、ガラス越しに冷たい空気が伝わってくる。

村石は不満そうに、ペンで手元の紙に落書きをしている。

「そんなんじゃ、情報量多すぎて、逆に伝わんねーよ。プレゼンの目的は、宣伝企画の発表だろ？　だったら、もっと企画の話に時間使おうぜ。商品の歴史とか、最新の市場動向とか、そういう堅苦しい話ばっかりしないで……聞いてるほうが、思わずワクワクする話をさぁ」

「だから、その企画の提案に説得力を持たせるために、データが必要なんだよ。根拠のない提案なんて、相手にされるわけないだろ。それから」

優人はスマートフォンのストップウォッチを見せた。

「今のリハーサルで、村石は発表の持ち時間を2分もオーバーしてた。村石の資料はイラストとキャッチフレーズばっかりで、情報量が少なすぎる。それをしゃべりで補おうとするから、時間がかかるんだよ」

「もういいじゃん、2分くらい」

村石はうんざりした顔で、机に頭を預けた。

「よくない。お前がオーバーするとオレの持ち時間にも影響が出るんだよ」

「そこはお互いに何とかしてさぁ」

「お互いじゃないだろ。後半のオレが全部被ることになるんだから」

前のプレゼンテーションの時もそうだった、と言いかけて、優人は言葉を飲み込んだ。とにかく今は、目の前の準備を終わらせることが第一だ。

「……わかった。村石、資料のデータ、送ってくれ」

「いいけど、何で？」

「オレが直す」

優人のその一言で、村石の表情が変わった。

「何だよそれ。直すってどういうこと？」

「だから、オレのほうで作業して、資料に必要な情報を足しておく。原稿は村石に任せる。それでいいだろ」

「何だよ、それ。ふざけんなよ」

村石が椅子を蹴るようにして立ち上がる。

「おい、村石」

「そーゆーとこだよ、村上。全部自分が正しいって思い込んでるところ、マジでやりづらい」

村石は、ノートパソコンと印刷した資料を乱暴にかき集めた。

「村石」

「帰る」

「帰るって、資料どうすんだよ」

「あれで完成してるっての！」

振り返りもせずに言い返して、村石は会議室を出て行った。

「はぁ？　あいつ、ほんと、何考えて……」

独り言を言い切る気力も萎えた。優人は椅子に座って天井を見上げた。

うすうす、こうなる予感はしていたのだ。

優人と村石では、重視する部分が違う。優人は論拠となるデータを丁寧に説明し、批判や反論の隙がない発表が評価されると思っている。しかし村石は、プレゼンテーションをショーかライブのように考えているのか、話の面白さやインパクトにこだわる。優人からすれば村石の発表は「中身が薄い」ように見えるし、村石は優人の発表を「堅苦しくてつまらない」と批判する。

資料集めを終えて、発表資料を作り始めたあたりから、その食い違いは感じていた。それが今日、はっきり表れただけのことだ。

フロアのドアが閉まる音が聞こえた。村石は本当に帰ったらしい。

――オレも帰ろうかな。

優人は時計を見た。オフィスの退社時間まで、あと30分と少し。今から作業したところで、できることなど限られている。連日、コンペの準備のために残業して、心身ともにすっかり疲れ果てていた。

お互いの発表内容に不満があるとはいえ、資料も原稿も一応完成はしているのだ。できれば万全の準備をして本番に臨みたかったが、もともと性格も仕事のやり方も合わない自分たちだ、これくらいの完成度でよしとするべきなのかもしれない。

いつの間にか閉じていた目を開け、体を起こしたところで、電話の呼び出し音が聞こえてきた。クライアントからの連絡にしては遅い時間だが、無視するわけにもいかない。

優人は会議室を出て、近くの席の受話器を取った。

「はい、『Think Better』です」

「お疲れ様、三瀬です」

「三瀬さん？　お疲れ様です。村上です」

「おー、村上！　遅くまでお疲れ。村石いる？」

三瀬の言葉に、優人は暗いオフィスを見渡した。このフロアには優人以外、もう誰も残っていない。

「いえ……先に帰りました」

「あ、そっか。じゃあさ、悪いんだけど、俺の席に行って、荷物探してくれない？」

「荷物？　わかりました、席まで行くのでちょっと待ってください」

電話を保留にして、優人は三瀬の席まで歩いていった。三瀬の席に行くのは初めてだったが、席次表が壁の掲示板に貼ってあったので、迷わずに見つけ出せた。

三瀬の席の受話器を取り、保留にしてあった通話をつなぐ。

「もしもし、席まで来ました」

「おお、わざわざすまん。俺のデスクの上か、足元か、引き出しの中に、海外からの小包が置いてあると思うんだけど、見つかる？」

「海外からの小包ですね。……ああ、これですかね」

デスクの上でも足元でも引き出しの中でもなく、隣の空席に置かれていた小包を手に取った。

ざらっとした手触りの丈夫な紙袋に、アルファベットで書かれた伝票が張りつけられている。

宛先は、「Mr. MURAISHI」。

「これ、村石宛てですか？」

「そうそう、間違って俺のところに届いちゃったみたいでさ。今日渡そうと思ったんだけど忘れちゃって。俺、明日の朝イチで飛行機に乗って出張だから、忘れないうちに電話しちゃった。ごめんな、遅い時間に」

「いえ、もともと残業してたので」

「悪いけど、それ、村石に渡しといてくれる？　あいつ宛ての贈り物だからさ」

伝票に書かれた発送人は、優人も知っているクライアントの社名だ。しかし、村石の担当ではなかったはず。

「村石に、ですか？」

「そうそう。先月、視察に来たクライアントの運転手を、村石が担当しただろ？　担当の営業マンが俺の同期で、そいつから話聞いたんだけど、村石、その時、すごかったらしくてさ」

「すごかった、って」

「そのクライアントは、海外に長く駐在している日本人夫婦だったんだけどさ。村石の奴、その夫婦が日本にいた時に流行ってた曲を車の中で流したり、ちょうどその夫婦の世代に人気の映画とか音楽を調べて話題にしたり、とにかく楽しませようって頑張ってたんだって。最終的に、会食の席でケーキのサプライズ！　クライアントの奥さんの誕生日が近いからって、店に交渉して、ホールケーキ持ち込んだらしいぜ？　奥さんは感激して泣いちゃったって」

「……それ、村石が？」

「そうそう。俺の同期は『やりすぎだ』って呆れてた。まぁ確かに、担当の営業を差し置いて出しゃばったのはやりすぎだけどさ、クライアントは喜んでくれたんだから、よかったと思うよ。村石って、人を楽しませるのが好きなんだろうな。で、そのクライアントからのお礼が、その小包ってわけ」

「そう、ですか」

「あ、ごめんな、長話しちゃって。村上も、あんまり無理しないで早く帰れよ」

「はい、ありがとうございます。お疲れ様でした」

電話を切って、優人は手に持った小包を見つめた。

視察に来たクライアントの運転手なら、優人も務めたことがある。安全運転を心がけて、世間話程度の会話もして、失礼のないように振る舞った。担当の営業マンからも、「きちんとしている」と褒められた。

けれど、それだけだ。村石のように、「クライアントを楽しませる」こと——そのために調べものをしたり、サプライズの準備をすることなど、まったく思いつかなかった。

人を楽しませるのが好き——それが、村石の明るさの原動力なのか。

村石が発表の見栄えや面白さにばかりこだわるのは、単に派手好きのお調子者だからだと思っていた。話がうまく、口先で何でもやり過ごしてきたのだと決めつけていた。けれどそうではなくて、村石はきっと、プレゼンテーションを聞く側にとって最も魅力的な内容になることを目指していた。

考えてみれば、コンペの審査員は、参加者の発表をぶっ続けで聞くことになるのだ。少しでも興味を引き、楽しいと思わせる内容でなければ、聞き流されてしまうだろう。

それなのに優人は、村石の考え方を理解しようともしないで、ただただ自分のやり方を押し付けていた。村石に言われたように、「自分が正しい」と思い込んでいた。

優人は小包を持って、自分の部署に戻った。村石のデスクに小包を置き、会議室に戻る。

退社時間まで、あと30分。優人はパソコンを起動し、自分の資料のデータを開いた。


翌日——コンペ本番前々日の土曜日、朝10時。

日中の誰もいないオフィスという状況に、優人は妙な緊張を感じた。私服でオフィスを訪れるのは初めてだ。結局、昨日は退社時間までに作業が終わらなかった。

物音のしないオフィスには、自分の足音が妙に大きく響くような気がした。電気をつけなくても明るいオフィスを、いつもより静かに歩く。もはや通い慣れてしまった小会議室のドアを開けた。

そこに、村石がいた。優人と同じように私服で、ノートパソコンを開いている。

予想外の光景に、優人の動きが止まる。村石もいきなり開いたドアに目を丸くしていたが、やがて真顔で顎に手を当て、ポーズを決めた。

「助っ人参上!」

おどけているが、動揺を隠しきれない顔をしている。思わず笑ってしまった。

「呼んでねーし。……あれで完成、じゃなかったのかよ」

「あー……うん。まあね。ちょっと考え直した。ちゃんと準備しておきたくてさ」

「そうか」

「あーマジ、目が疲れる！　ノートパソコン、画面もキーボードも小さくて苦手なんだよな」

鞄をデスクに置く優人の横で、村石は椅子の上でのけぞって伸びをした。いつからここで作業していたのだろう。

「村石、タイピング下手だよな」

「何で知ってんの⁉」

「隣の席だろ。キー叩く音がやたら聞こえるから」

「やっべー、恥ずかしい。……いやでもほんと、これ毎月作ってんだな。村上すげーわ」

「は？」

プレゼン資料の話じゃないのか？　疑問に思って村石のパソコンをのぞき込むと、表示されているのは先月の予算資料だった。

「いや、お前、プレゼン資料作れよ」

「それは一段落したから、ちょっと休憩。村上が、いつもどんなの作ってんのかなって」

「お前だって、最初は作ってただろ」

少なくとも春頃までは、村石もこの業務を担当していたはずだ。

「そんなのすぐ忘れるって」

「忘れんなよ」

「だから、今、思い出そうとしてるんだろ。この前さ、部長が予算のこと聞きたいって村上探してたから、『村石ならいますよ!』って言ってみたんだけど、『これは村上に聞くから』って言われたよ。正直、ちょっと悔しかったけど、確かに、これ、今の俺じゃわかんねーわ」

村石は、立ったままの優人を見上げて、ぱんっと両手を合わせた。

「だから、悪いんだけど、教えてくんねーかな。数字がわかんなきゃ、今の成績も本当に1回きりの奇跡で終わるぞって、西田さんにも言われたんだ」

「……わかった。今月の分、作業しながら教える」

村石の真剣な表情に、優人はうなずいた。嫌な作業を人に押し付けるちゃっかりしたところもあるが、村石が不真面目な人間でないことはもうわかっていた。

「サンキュ!」

「いいよ。それより、オレも資料直してきた。いったん、リハーサルするか」

「ああ」

立ち上がった村石がホワイトボードを引き出してくる。優人はバッグからノートパソコンを取り出した。

「あー、村石さ」

「ん？」

「昨日、無神経なこと言って、悪かった」

村石が勢いよく振り返った。その口が開く前に、優人は先を続けた。

「発表だけど、5分くらいなら、時間オーバーしても、オレのほうで調整できると思う。昨日、資料直して、かなり削ったから」

「……マジで？」

「まずは、やってみてからだけどな」

「サンキュー！　あのさ、俺も、資料に載せる内容を増やして、しゃべる量は減らしたから」

「……村石」

村石は照れたように首をかいた。

「俺も自分のやり方にこだわりすぎて、村上に迷惑かけてたのかもって思ってさ。あんまり時間オーバーしないように気をつけるわ」

「……ああ、頼んだ」

「任せとけ！」

「おい、急に調子に乗るなって」

素っ気なく言い返しながら、優人は内心、嬉しかった。優人が村石の指摘を受け入れたように、村石も優人の意見を取り入れていた。

西田の言う通り、「いいコンビ」になれるかもしれない。初めて、そう思った。

「あ、村上、これ」

村石のかけ声とともに、優人のほうへ何かが飛んでくる。とっさに受け取ると、エナジードリンクの缶だった。デスクの上、村石のパソコンの横にも同じ缶がある。

デスクに向けた優人の視線に気づいて、村石は笑った。

「もしかしたら、今日、村上も来るんじゃないかなーと思って、2つ買ったんだよ」

「ウソつけ」

「ウソじゃねーって。じゃなきゃ2つも買わねぇよ」

「『来るんじゃないか』じゃなくて、『来てほしい』だろ？」

村石は大げさな仕草で両手を上げた。

「おいおい、イケメンか！　そういうセリフは、遠距離恋愛中の彼女に言えよ」

「ほっとけよ。じゃ、やるか。まずは村石のパートから」

パソコンを起動し、優人は席に着いた。


コンペ当日。

午前中、村石はオフィスで仕事をしていたが、優人は打ち合わせがあったので外出した。合流場所は、コンペが行われるビルのエントランスだ。

村石は時間ギリギリに来たが、優人はもう目くじらを立てることはしなかった。「遅刻しなかったな」と軽くからかうだけだ。

「しねーよ、さすがに！　村上、これやるよ」

村石は鞄と一緒に持っていたレジ袋から何かを取り出して、優人に投げてよこした。見覚えのあるエナジードリンクの缶。

「それ、最強のコンビになるためのエネルギー源！」

「何だ、それ。ありがたくもらうけど……って、これ買ってたから、ギリギリになったんじゃないだろうな？」

「あ、バレた？　わりぃわりぃ」

軽口を叩き合いながらエレベーターに乗り込む。他の乗客がいなかったので、そのまま段取りの確認を続けているうちに、あっという間に目的の階に着いた。

エレベーターが滑らかな動きで停まり、扉が開く。

「行くか」

「おう」

エレベーターホールには、「第17回　ＰＲ企画コンペ会場」と掲示されている。そこに描かれた矢印が示す会場に向かって、２人で足を踏み出した。


本番の手応えは、悪くなかった。

コンペ終了後にその場で知らされた結果は、参加者12組中4位だった。村石は「1位が取れなかった」と大げさに嘆き、優人も「せめて3位までには入りたかった」と悔しく思った。しかし、西田に電話で結果を報告すると、「3位以上は全員入社3年目で、このコンペの経験者だったんだろう。それを考えたら見事な結果だ」と喜んでいた。

コンペ会場が入っていたビルのエントランスホールを歩きながら、優人は村石に右手を差し出した。

「お疲れ、村石」

「おう、お疲れ！」

村石が差し出した手を、優人はさっと上に避けた。

「えっ」

「冗談だって」

「ひっでー！　相棒、そりゃないぜ」

してやったりと笑う優人の手に、村石も笑顔でぱちんと手のひらをぶつけた。

入社式の会場で、同じように村石にからかわれた時のことを思う。こんな風に肩を並べている自分たちを、あの時はまったく想像できなかった。

「なー、村上、今日俺たちって直帰していいんだろ？　このまま打ち上げ行こうぜ」

言いながら、村石はすでにスマートフォンで店を検索し始めている。

「打ち上げは行くけど、今日じゃなくて金曜にしないか？　そのほうがゆっくり飲める」

優人の提案に、村石は首をかしげた。

「だって村上、金曜日は休みだろ？　地元帰るって言ってたじゃん」

「その休みなら、やめた。月曜に予算会議があるだろ？　その資料の元になるデータをもらえるのが、早くても金曜の朝だっていうから」

「えっ、駄目だろ、それは！」

急に村石が声を張り、優人は耳を押さえた。

「村石、声でかい」

「もー、そういうところだよ、村上」

「何がだよ」

「彼女とずっと会ってないんだろ？　仕事なら俺が替わるから、ちゃんと予定通り帰って、イチャついて来いよ。予算資料なら俺が作るって」

「……作り方、まだ教えてないけど、わかるのか？」

「……明日、教えてください」

村石が、決まり悪そうに頬をかく。

以前なら、村石の申し出を断っていただろう。村石に借りを作りたくないと思っていたし、村石の仕事のやり方も信用していなかった。それに優人は、自分の仕事は最初から最後まですべて自分でやり遂げたいと思うタイプだったから。

でも、今は違う。

「……いや、お願いするのはオレのほうだよ。悪いけど、頼んでもいいか?」

「もちろん! 任せとけ!」

村石は満面の笑みを浮かべた。いわば優人に仕事を押しつけられたとも言える状況なのに、むしろ嬉しそうにも見えた。

村石は本当に「人」が好きで、人を喜ばせるのが嬉しいのだろう。調子に乗り過ぎる部分はあるが、気の良い奴なのだ。

「じゃ、打ち上げはやっぱり今日行こうぜ」

「そうだな。……明日遅刻するなよ」

「だから、遅刻はしないって! そうだ、真由も呼んでいい?」

「小松崎? それ、打ち上げじゃなくて、ただの飲みだろ。呼ぶのはいいけど、この間みたいな飲み方はもうしないからな」

そう言ってから、優人は「しまった」と思った。

村石のことだから、「そういえばこの間、俺が帰ったあと、村上と真由はどうしたんだ?」などと聞いてくるかもしれない。あの夜、真由が優人の部屋に泊まったことを村石が知ったら、絶対に冷やかされる。

優人はひそかに焦ったが、村石はきょとんとした表情を浮かべている。

「なんだよ、勝手に風呂借りたこと、そんなに怒ってんの？」

「……風呂？」

「でも、酔いつぶれたお前を部屋まで送ってやったんだから、おあいこだろ？」

「送った？」

「……え、そのことじゃねぇの？」

かみ合わない会話に、優人も村石もぽかんと互いの顔を見た。

「……実はオレ、あの夜の記憶が曖昧なんだよ。小松崎が合流したあとくらいから、ほとんど覚えてないんだけど」

「えぇ、マジで？　えーと、真由が来て、３軒目で村上がつぶれたから、朝までカラオケにいたんだよ。でも退室時間になっても村上は起きないし、俺は俺で親に呼び出されて」

「親？」

「そう。姉ちゃんが夜中に破水して、もうすぐ子ども生まれるから、すぐ病院に来いって。ついでに姉ちゃんの家に寄って、着替えとかいろいろ取って来いって言われてさぁ」

優人はあぜんとした。自分が寝ている間に、そんなことが起きていたのか。

「……お姉さん、大丈夫だったのか？」

「おう、無事産まれたよ！　でもいくら急いでるっていっても、真由1人に寝てる村上を任せるのも悪いから、朝イチに2人で村上を家まで送っていったんだよ。で、村上の家から直接、姉ちゃん家に行くことにしたわけ。でも俺、かなり酒臭かったから、風呂だけ借りた。一応声はかけたし、いいよって返事ももらったんだけど、あれって寝ぼけてたのかぁ」

「……小松崎は？」

「一緒に部屋に行ったけど、俺のほうが一足先に出たよ。部屋出る前に村上のこと起こして、鍵かけさせたって言ってたけど、それも覚えてない？」

むしろその部分だけ記憶していたから、ややこしい誤解が生じたのだ。

濡れたタオルと風呂場は、村石が使ったもの。真由は村石と一緒に、優人を部屋に連れて帰っただけ。

つまり優人は、誰も部屋に泊めていないし、遥を裏切ってもいない。

はーっと、優人は深くため息をついた。

「よかった……」

「村上？」

「いや、こっちの話。で、小松崎、呼ぶんだっけ？」

「あ、そうそう。そのことで、村上に頼みたいことがあって」

村石はなぜか緊張した様子で、声を小さくした。

「真由にさ、さりげなく、俺のことどう思ってるか聞いてくんねぇ？」

「は？」

「あと、いい感じに俺のこと褒めておいて」

「え？」

「コンペ、すげー頑張ってたよ！　みたいな感じでさ」

「村石、お前、それって……」

村石は恥ずかしそうに身をよじった。

「あ、バレた？　内定式の時から真由のこと、いいなあって思ってて。最近、2人でよく遊んでるし、夏休みには一緒に日帰り旅行にも行ったし、悪くない感じだと思うんだけど」

「……その状況で、まだ付き合ってないのか？」

「そこをはっきりさせたいんだよ。今までなあなあにしてきちゃったから、ちゃんと言葉にして伝えようと思って」

村石はいつになく、それこそ今終えたばかりのコンペ本番と同じくらい必死な様子だ。口のうまいほうではない優人には正直荷が重いが、こうも懸命に訴えられては無下にもできない。優人は渋々うなずいた。

「……わかった。やってみるけど、あんまり期待しないでくれよ。演技とか得意じゃないし」

「ちょっと、そこは演技じゃなくて、本気で俺を褒めてくれよ！　じゃ、真由誘うな」

村石は立ち止まって、いそいそとスマートフォンでメッセージを打ち始める。

それを横で待ちながら、優人は遙のことを思い出した。

ちゃんと言葉にして伝える——自分は遙に対して、そうしてきただろうか？　忙しさにかまけて、遙の気遣いに甘えてはいなかったか。このところずっと、コンペの準備に追われて、メッセージのやりとりしかできなかった。それさえも、優人がなかなか返信できないせいで、前よりずっと減ってしまっていた。

今日の打ち上げのあと、遙に電話しよう、と思った。まずは連絡が途切れがちだったことを謝って、それから、話がしたい。今日のコンペのこと、村石のおかげで気づいたこと、自分に起きた変化、伝えたいことはたくさんある。

村石が、「真由、今日オッケーだって！」とガッツポーズを決めた。

「じゃ、行こうぜ。村上、ほんとに頼むぜ、俺のことちゃんとプレゼンしてくれよ」

「データの資料が多くなっていいか？」

嬉しそうに笑う村石と肩を並べ、優人は歩き出した。

優人と村石は、性格も仕事の取り組み方もまったく違う。違うからこそ、ぶつかりあって、押しあって、跳ね返りながら、前に進んでいける。「オレ」ではなく、「オレたち」として。

だから、これからもよろしくな、相棒。

第3章

姉妹を想う

どこ行くときも　いつもついてきて
なにするときも　いつもマネして
どんなときも　慎重な私
考える前に　始めるあの子

自分があって　個性的な妹
人の意見にそっと　合わせる私
ぜんぜん違うのに　同じ道

いつの間にか　ライバルみたい
二人の違いが　差に見えて
私だけが　憧れてると思ってた
いつの間にか　話すこともなく

悩みなんて　ないと思ってた
私とはぜんぜん　違うから
だからなのか　違うからなのかな
二人いることが　支えになる

ずっとずっと
嗚呼

初夏の晴天が人々の足取りを軽くしたのか、美容室「GATOS」はいつも以上に忙しかった。朝から客足が途切れず、14時を過ぎてやっと迎えた昼休憩。休憩室でスマートフォンを見た二宮遙は、思わず「えっ」と声を上げてしまった。

「どうしたの、遙？」

隣でカップコーヒーを飲んでいた井上真奈美が、染めたばかりのピンクベージュの髪を揺らして振り返る。

「あ、ごめん。ちょっと、家族から連絡があって」

「連絡？　緊急な感じ？」

「ううん、全然。妹が今日帰ってきてるってだけ。そういえば、前に母親に言われてたかも」

真奈美に答えながら、母のメッセージに返信する。

【ごめん、出勤日、調整ができなかった。今日も遅くなるから、藍にもそう伝えておいて】

忘れていた、と言わないのは、罪悪感から生まれたささやかな嘘だ。

「それなら、遙、今日は先に上がれば？　片付けはやっておくからさ」

真奈美がそんなことを言い始めたので、遙は慌てて両手を振った。

「いいよ、悪いし。真奈美も忙しいのは一緒でしょ」

「でも」

「それに、新人の指導ミーティングで、里加子さんに聞きたいこともあるから」

「おっ、遙ったら、先輩らしいこと言っちゃって」

真奈美がふざけて、遙の肩をつついた。

遙と真奈美がこのヘアサロンに入って、4年目の5月を迎えようとしている。2人そろって3月末にスタイリストに昇格してから、約1ヵ月が経った。とはいえ、手が空いていればベテランスタイリストのアシスタントもするし、新しく入ってきたアシスタントの指導もあって、目まぐるしい毎日だ。

だから、妹の藍が帰省するという話も聞き流してしまった。それだけだ……それ以上の理由はない。

遙が昼食のメロンパンを食べ始めると、真奈美が興味深そうに身を乗り出した。子犬のように黒々とした大きな目が、好奇心で輝いている。

「ねぇ、遙の妹って、何歳?」

「3歳下」

「じゃあ、学生さん?」

「ううん、今年の3月に卒業して、今は東京で働いてる」

「そうなんだ。何の仕事？」

遙は、少しだけ答えをためらった。パンをもう1口かじって、ゆっくり飲み込む。その間も、真奈美は遙の答えをうずうずして待っている。

口の中の甘ったるさとためらいを、ペットボトルのお茶で押し流して、遙は口を開いた。

「……何て言うのかな。ヘアメイクアーティスト？」

「え？　それって、姉妹で同業ってこと？」

「いや、全然違くて」

弾かれるように、遙は言い返した。

「妹が目指してるのは、ファッションショーとかブランドのコレクションで、モデルのヘアメイクをする仕事だから。わたしたちみたいに、サロンで一般のお客さん相手に働くのとは違うよ」

「まぁ、そう言われればね……」

少し強く言いすぎてしまったが、真奈美は素直に納得したようだった。

「それに、妹はまだアシスタントだし」

「そりゃ、最初はみんなそうだよ。妹さん、すごいね！　あの業界って、特に個性とかセンスが求められるし、普通のサロンに勤めるより狭き門じゃない」

無邪気に笑う真奈美は、本当にいい子だ。素直で、前向きで、人の魅力を見つけるのがうまい。初めて担当するお客さんともすぐに仲良くなれる。それに比べて、自分は……。

「……そうだね。ありがとう。妹にも伝えておくよ」

自分の返事の白々しさに気づかれないことを祈りながら、遥はスマートフォンのスケジュール管理アプリを立ち上げた。来月のシフトのことで、真奈美に相談したいと思っていたのだ。

「真奈美、来月のシフトのことなんだけど……」

「ねぇ、妹さんの写真とかない？」

ほとんど同時に喋り出した真奈美のセリフに、遥はとまどった。妹の話は、もう終わりにしたつもりだった。

「え……写真？　……あったかなぁ」

「探してみてよ。遥の妹、見てみたい！」

「……うん……」

真奈美は、素直で前向きないい子だが……時々人の気持ちに鈍感で、強引なところがある。

いつもは気にならないそんな性格が、今は遥の気持ちを逆なでする。

さっさと写真を見せて、妹の話題は終わりにしよう。

「……はい、これ」

遥はスマートフォンの画面を真奈美に見せた。今年の2月、東京の美容専門学校を卒業する直前に、藍がメッセージアプリで送ってきた写真だ。

写真の中央に写っている台には、カットウィッグ——マネキンの頭部が置かれている。マネキンの長い髪は、オレンジやピンクなどの原色に染め分けられ、ソフトクリームのように高く結い上げられていた。目を引くのは髪だけではない。顔にも、ピエロのような派手なメイクが施されている。

その横で、胸に賞状を抱いた藍が得意げな笑みを向けている。カットウィッグにも負けないくらいに明るいオレンジ色に染めた、華やかなボブヘアがまぶしい。

真奈美はしげしげと画面をのぞき込む。

「この、カットウィッグの隣に写っているのが妹さん？」

「うん」

「可愛いね。それに、遥に似てる」

「え？」

遙は画面の中の藍を眺めた。いかにもアート志向といった個性的なファッションの藍と、ロングの黒髪にカジュアルコーデの自分が、似ている？

「そう……かな？」

「そっくりだよ！　ほら、この目元の笑った感じとか」

真奈美が写真の藍を指差すが、やはり遙にはピンとこない。小さい頃は「そっくり姉妹」とよく言われていたが、藍が中学に入った頃から、「似ている」とはほとんど言われなくなった。

「……自分じゃ、わかんないよ」

「へぇ。姉妹って、そんなもんなのかな」

言いながら、真奈美は画面を見つめている。

「……てかさ、この写真の上のメッセージ、これ妹さんからだよね」

「うん」

いよいよ妹に興味を持ち出した真奈美に、遙は辟易した。トーク画面ではなくて、写真だけを拡大表示して見せればよかったと後悔した。

「『優勝したよ』って書いてあるよ」

「ああ、うん……学生の大会があって、そこで優勝したって」

「すごい！」

真奈美がぱちんと手を鳴らした。

「ちょ、真奈美、静かに。お客さんに聞こえちゃうよ」

「あっ、ごめん。でもすごいよ！　優勝なんて」

「うん……すごいよね、東京の大会で優勝しちゃうなんて」

「そうだよ、自慢の妹さんだよ！」

ひょいと指を伸ばして、真奈美が勝手に画面をスクロールする。写真の下に表示された遥の返信は、【おめでとう】と、続けて【ちょっとやりすぎ？笑】。

「あはは、遙っぽい」

「何、それ」

決めつけるような言い方に、素っ気ない返事をしてしまう。真奈美は遥の言葉のトゲに気づいた様子もなく、軽く首を傾げた。

「んー、何か、真面目な感じだもん」

真奈美の笑顔には裏も含みもなく、素直に思っていることを言っているだけだとわかる。わかるからこそ、その言葉は遥の胸に鋭く刺さった。

「……うん」

「あーあ、妹いいなぁ。私も欲しかった」

真奈美の口調は、すねた子どものようだった。

「真奈美は、一人っ子だっけ？」

「そう。だから、お姉ちゃんか妹が欲しかったんだよね。一緒に遊んだり、恋愛相談したり、そういうのに憧れてた」

「そうなんだ」

以前、優人も同じようなことを言っていたのを思い出す。優人も一人っ子だから、年下のきょうだいが欲しかったらしい。「妹ならめちゃくちゃ可愛がるし、弟なら子分にしてこき使う」なんて言って、笑っていた。

優人も真奈美も、わかっていない。本当にきょうだいがいたら、そんな楽しいことばかりではない――それこそ、生まれた時から実感するのだ。誰だって、ないものねだりをするものだ。

「遥は、妹さんと仲良いの？」

「……まぁ、普通だよ」

曖昧に笑って、遥はスマートフォンの写真を見つめた。

遥の返信のあとには、藍からの着信がある。


【藍】さんが【はるか】さんに電話をかけました　通話時間15：10

藍との最後の通話だ。それから3ヵ月もの間、遥は藍とまともに会話をしていない。これが「普通」の姉妹の距離感なのか、遥にはわからなかった。

少なくとも、幼い頃は違っていた。妹は、もっと……。

遥は記憶をたどる。

「……小さい頃は、妹はいつもわたしの真似ばかりしてた。すごく仲が良かったの」

今は——よく、わからない。


「お姉ちゃん、待ってよ！」

それが、幼い藍の口癖だった。笑ったり、泣いたり、怒ったりしながら、遥の後ろをちょこちょことついてきたものだった。公園、お絵かき教室、幼稚園。遥の行くところにはどこにでも一緒に行きたがり、母に止められては、泣いて愚図って困らせていた。

よく言えば、感情豊かで、自分の気持ちに正直。悪く言えば、わがままで、言い出したら聞かない子。

両親から聞いた話の中には、遙が覚えていないこともある。

旅行先で、まだ幼稚園にも入っていなかった藍が、「お姉ちゃんと同じのを食べる」と駄々をこね、自分の顔ほどの大きさのソフトクリームを食べてお腹を壊したこと。父がプレゼントに買ってきた色違いのハンカチを、「お姉ちゃんと違う」と泣いて放り出したこと。幼児向けの教育番組を見ながらテレビの前で踊る遙の真似をして、頭からひっくり返り、号泣したこと。どんなに大声で泣いていても、遙が「藍ちゃん」と呼べば、すぐに機嫌を直して笑っていたこと。

幼い遙も、藍のことが大好きだった。何でも遙の真似をして、「お姉ちゃん、すごい」「お姉ちゃんみたいになりたい」ときらきらした目で遙を見る妹。そんな風に妹に憧れられる自分は、何でもできるような気がしたから。

幼稚園の頃、母の育てていた花の鉢を藍が割ってしまった時には、自分がやったと言って身代わりになったこともある。もっとも、母に叱られた遙がぽろっと涙をこぼしたとたんに、藍が「ちがうの、藍がわったの！」と泣き出して、本当のことはすぐにばれてしまった。

手がかかって、甘えん坊で、時々うっとうしくなることもあるけれど、誰よりも可愛らしかった妹。

だから、妹に突然突き放された時には、それまでにないショックを受けた。

遙が高校、藍が中学に上がった年のことだ。遙と藍の通っていた中学では、部活動をすることが義務付けられていた。遙は在学中、図書部に入っていた。活動時間の半分はおしゃべりで過ぎていくような部活動で、放課後をのんびりと過ごしたい遙にはぴったりだった。

「藍は何の部活に入るの？」

そんな風に藍に尋ねたのは、入学して1ヵ月が経った頃だった。藍がまだ部活を決めていないようだったので、向いていそうな部活を教えてあげようと思ったのだ。しかし、藍から返ってきたのは、「まだ決めてない」という素っ気ない言葉だった。それから何度尋ねても「決めてない」「考え中」「秘密」とはぐらかされ続けた。遙もだんだん意地になって毎日質問し続けたら、1週間後にとうとう藍が怒った。

「お姉ちゃんには、関係ないでしょ！」

初めての反抗が思いのほかショックで、遙は何も言い返せなかった。

藍が部活に入らず、「軽音楽同好会」を友人と立ち上げたと聞いたのは、その数週間後のことだ。それも、藍本人ではなく、母からだった。

藍が音楽に興味を持っていたこと。父にねだってエレキベースを買ってもらっていたこと。新しい活動を立ち上げるほどの行動力があったこと。どれも、遥の知らないことばかりだった。

遥と藍が「そっくり姉妹」でなくなったのは、その頃からだ。藍が遥のあとを追いかけて「待ってよ」と甘えることがなくなり、遥が「藍のことなら何でも知ってる」と思えなくなったのは。

好きな音楽、服の趣味、友人のタイプ、休みの過ごし方——何もかもが違っていった。小学校時代には手をつないで通った通学路を、一緒に歩かなくなった。通学路で藍を見つけても、声をかけることができなくなった。校則違反のカラーヘアゴムやアクセサリーでおしゃれをして、友人と笑い合いながら跳ねるように歩く妹の姿を、遠くから見るだけ。藍のほうも、まるで遥なんて視界に入っていないかのように、言葉もかけずに素通りした。

そのくせ家では、テレビのチャンネルや洗面台を使う順番をめぐって、毎日のように喧嘩した。リビングで勉強する遥の横で藍がベースを練習し始めて、「ギターうるさい。静かにして」「ギターじゃなくてベースだし。うるさいなら、部屋で勉強すれば」と言い合いになり、2人まとめて母に叱られたこともあった。

でもそんな風に口喧嘩していたのも、遙が高校を卒業するまでだった。専門学校に進学してから、遙は藍にあれこれ構わなくなったし、藍も遙に反抗しなくなった。普通に会話をし、テレビのチャンネルも洗面台を使う順番も、適当に譲り合うようになった。相変わらず服の趣味は合わないから一緒に買い物には行かなかったが、高校でもバンドを続けた藍のライブは観に行った。

そうやって、それなりに仲の良い姉妹として、うまくやれていたと思う。母親も「今思うと、藍の反抗期は大変だったわねぇ。私より遙に対して突っかかってたけど、元通り仲良くなってくれてよかった」と、しみじみつぶやいていたくらいだ。

本当は「元通りの仲良し」なんかじゃないことがはっきりとわかったのは、藍が高校3年生の秋のことだった。

その夜、遙が風呂から上がると、ダイニングテーブルで藍と両親が話していた。

「高校卒業したら、ここに行きたいと思ってる」

きらきらした目で藍が差し出したのは、ヘアメイクアップアーティストの専門学校のパンフレットだった。

遙はまた、ショックを受けた。「関係ないでしょ」と突っぱねられた、あの時以来の衝撃だった。藍が美容系の仕事に興味を持っていることさえ、遥は知らなかったのだ。同じ美容師志望なら、一言くらい相談してくれればよかったのに。

モヤモヤした気持ちを抱えつつ、両親が読み始めたパンフレットをちらりと見た。そこに写っているモデルはみんな、海外のファッションショーのように奇抜なメイクをして、鮮やかな色の髪を凝った形に結い上げていた。一般客向けのサロンに勤めている遥と違い、藍が目指すのはショービジネスの業界のようだった。

「藍らしいな」と思った。中学に入っていきなり新しい同好会を作ったり、教師に追いかけ回されるのがわかっていて校則違反のアクセサリーをつけて行くような妹だから、自由で個性的な業界はきっと向いている。

「だから、パパ、ママ、お願い。この学校に通わせてください。東京に、行かせてください！」

こんな風に、自分の希望をはっきり言葉にできる妹を、うらやましいと思った。

きっと妹は、わたしにはできないことを、軽々と実現していくんだろう。

両親と話す藍を見ながら、そんなことを思った。

閉店後のミーティングが長引き、遥が「GATOS」を出たのは23時近かった。

深呼吸をして、夜の涼しい空気を体に入れる。吐き出す空気と一緒に、ひりつく気持ちも出て行ってくれればいいのに、と思った。

閉店後の全体会議の後、トップスタイリストの橋本里加子に呼び止められた。数日前に遥が担当した、新規の客からのレビューについての話だった。

里加子の表情が曇っていたので、良い話でないことは覚悟していた。案の定、レビューの内容は、遥のスタイリングに対する苦情だった。

「どんな髪型にするか相談したら、今とあまり変わらない無難なスタイルしか提案されなかった。もっと自分に合う髪型をプロの目線で教えてほしかったのに、手抜きをされた感じがする。

そういう内容だったよ」

「……すみません」

「わたしに謝っても、お客様の信頼回復にはならないよ」

淡々とした里加子の言葉が痛い。

1つだけ弁明が許されるなら、手を抜いたつもりはまったくなかった。もとの髪型を本人が気に入っているように見えたから、安心感があるだろうと思って、それをベースにした提案をしたのだ。

けれど、遙の意図がどうであれ、客の希望に沿うことができなかったのは事実であり、遙の実力不足だ。

里加子は、穏やかだが厳しい口調で話を続けた。

「お客様は髪のプロじゃないから、自分の希望やイメージをうまく言葉にできないこともある。それを引き出すのも、スタイリストの仕事だよ」

「はい。今後、気をつけます」

「それはわかった。今から、ちょっときついこと言うね」

「はい」

「今の遙、取り残されてるよ」

ガツンと頭を殴られたような衝撃を感じた。息が詰まりそうになるのを、無理に吐き出す。

「……すみません」

「遙が手抜きをするような性格じゃないことは、わかってる。でも、どんな理由があったとしても、お客様が満足してくれなかったら、それは何かが足りなかったってことなんだよ。プロならではの視点、自分にしかできないオリジナルな発想、そういうものを磨かないと」

「はい」

「遙ならできるよ。だから、もっと練習しよう」

「……はい」

深く頭を下げながら浮かんだのは、藍から送られてきたあの写真だった。

藍なら、思いっきり自由で個性的な提案ができるんだろうか。

藍は高校生の頃から、独特なファッションを楽しんでいた。夏休みや冬休みになると、ヘア用のカラースプレーで髪を染め、古着屋をめぐってはクローゼットに入りきらないくらい服を買い込んでいた。学園祭のライブでは、自分で作った派手な衣装を着て、楽しそうに踊っていた。「普通なんてつまらない」と明るく言い切る藍は、生活指導の教師から逃げ回る時でさえ楽しそうに笑っていた。

でも遙は、周りと違うことをして目立つのを「楽しい」とは思えない。むしろ緊張して、怖気づいてしまう。藍のようには、なれない。

藍のことを思うと、遙は自分の足元がぐらつくような感覚を覚える。

優人が東京で就職することが決まった時、遙が松山に残ると決めたのだって、藍への複雑な感情が影響しなかったと言えば嘘になる。もちろん、今のサロンで腕を磨きたいと思ったことが最大の理由だ。ただその時、頭のどこかに、「藍が東京に出ていくなら、わたしは地元でやっていく」――そんな対抗意識があったことも、否定できなかった。

臆病で、意地っ張りで、そのせいで失敗や後悔ばかりの自分。

わたしに、お客様に喜びを与えるような仕事ができるんだろうか。わたし自身が楽しんでいないのに。

そんなことを考えながら家に着いた時には、23時半を回っていた。玄関をできるだけ静かに開けて、家に入る。すでに両親は眠っているはずだ。

藍はどうだろう。母からのメッセージでは、夕飯のあとに友達に会いに行ったということだったが、もう帰っているのだろうか。

そう思いながら電気をつけると、リビングから誰かが顔を出した。

「……お姉ちゃん、お帰り」

藍だった。2月に送ってきた写真より、髪が短くなっている。リビングから漏れる明かりに照らされて、ミントグリーンに染められた毛先が白っぽく光る。前髪は伸ばしてセンターで分け、額をあらわにしていた。

「ただいま。……帰っとったんや」

「地元に残った自分」を強調するみたいに、地元の言葉が出てしまった。

「うん」

リビングに入る遙のあとを、藍も追ってくる。

「藍も、お帰り」

藍の前回の帰省は正月だった。その時は、藍は地元の友人に会うと言って、ほとんど家にいなかった。

「……うん」

藍が答え、短い会話が途切れる。

昼間に真奈美と話しながら見たトーク履歴を思い出す。藍と最後に電話をしたのは、今年の2月だ。藍とまともに話すのはそれ以来で、お互い反応がぎこちない。

藍がダイニングテーブルに手を伸ばして、グラスに口をつける。真っ黒い中身は、アイスコーヒーのようだった。

「……藍、寝る前にカフェインとると、寝れなくなるよ」

「……そのためだし」

「何それ……。徹夜でもするの？」

「そうじゃなくて……。待ってた」

藍は視線を泳がせてから、片手をポケットに突っ込み、遙に向かって突き出した。

「……これ、見て」

藍の手には、色紙の小さな紙片があった。鉛筆書きの下手くそな字で、「かっとけん」と書かれている。端が少しよれている以外は、シワも汚れもない。大切にしまわれていたことが、一目でわかった。

見覚えのある紙片だった。なぜなら、これを作ったのは遙自身だから。

「藍、これって」

「……さっき、部屋の掃除してて、たまたま見つけた」

藍はたどたどしく言った。

それは嘘だ。この「かっとけん」が、藍が子どもの頃から使っている宝箱にしまわれていたことを、遙は知っている。

藍は「かっとけん」を差し出したまま、じっと遙の目を見た。

「お姉ちゃん。髪、切ってよ」

幼い頃の藍の声が重なる。

「お姉ちゃん、髪、やってよ」

幼い頃、遙のお気に入りの遊びは、「びようしごっこ」だった。人形の髪を整えることから始まり、父の固い髪や母の長い髪を触らせてもらうこともあったけれど、たいていの場合、「おきゃくさん」は藍だった。

「かっとけん」を持った藍を、ダイニングテーブルから持ってきた椅子に座らせて、首の周りにタオルを巻きつければ、遊びの始まりだ。もちろん本物のハサミは使わせてもらえないから、クシで髪をとかして指で切る真似をしたり、結んだり編んだりする程度だった。

それでも、何度も遊ぶうちに遙の腕も上達して、幼稚園や小学校に行く前に藍の髪を結んであげるようになった。藍もそれを気に入って、「今日はお遊戯会だから」「学芸会で劇をするから」「クラスメイトの誕生日会だから」と何かと理由をつけて、遙に髪を結んでもらいたがった。

そのうち、初めは「おきゃくさん」で満足していた藍も「びようし」をやりたがるようになり、「びようし」と「おきゃくさん」は交代制になった。藍の小さな手では、遙の長い髪を1つにまとめるだけでも時間がかかった。けれど、普段は泣き虫でかんしゃく持ちの藍が、「びようしごっこ」の時だけは、びっくりするほど根気強かった。首元の髪をすくう小さな指の感触がこそばゆかったことを、今でも覚えている。

皮肉なことに——遙が本当に美容師になったあとは、「髪を切ってほしい」なんて言ってきたことは一度もなかったのだけれど。

そう、今日、この時まで。

「……こんなん、まだ取ってあったんだ」

遙が言うと、藍は小さくうなずいた。

「あたし、物持ちいいから。……このブラウスだって、もう3年は着てるし」

「それ、気に入ってたもんね」

左右非対称の柄のカラフルなブラウスは、藍のお気に入りだ。「古着屋のワゴンセールで500円のお買い得品だった」と自慢して、実家にいる時からよく着ていた。今も大切にしているのだろう。生地が少しくたびれている以外は、綺麗なものだ。

「うん……」

藍は、「かっとけん」を持っているのと逆の手でブラウスの裾を伸ばしながら、口ごもった。言いたいことがあるのに言い出せない、そういう顔だ。

それで、ようやくわかった。藍はこのためにブラックコーヒーで夜更かしをして、遙を待っていたのだ。昔のように「かっとけん」を用意して、「びょうしごっこ」をねだるために。

幼い藍は、「びょうしごっこ」の最中に、遙に相談事をすることが多かった。

「今日のお遊戯会、ダンス間違えたらどうしよう」

「学芸会で劇やるの。キンチョーする」

「今日、ユタカくんのお誕生日会なの。藍、ユタカくんが好き。だからお姉ちゃん、藍が1番可愛いようにして」

不安や緊張、それに初恋。遥に何か大切なことを打ち明ける時、藍は「びようしごっこ」をねだった。そんな時の「お姉ちゃん、髪、やってよ」という声はいつもかすれていた。遥を見る目には心細さがあった。

今の藍と、同じように。

「……わかった」

遥は手を伸ばし、「かっとけん」を受け取った。

「今日切る？　それとも、明日にする？　どっちでもいいよ。明日はわたし、休みだから」

「……じゃあ、明日にする」

藍がほっとした様子で、やっと笑った。

翌日は、よく晴れて風も弱く、気持ちのいい天気だった。

せっかくだからと、庭にダイニングテーブルの椅子を持ち出したのは藍だ。座るための1脚と、道具を置くための1脚。

手鏡を構えて座った藍の首周りに、遥はバスタオルを巻きつけた。

「どうしたい？」

遥が尋ねると、藍は自分の後ろ髪を軽く触った。

「このへんとか……全体的にちょっと軽くして、毛先そろえて」

「わかった」

藍の後ろに回り、まずはスプレイヤー（霧吹き）を手に取った。ゆっくりと2、3回吹きかけて、手で馴染ませる。

藍のオーダーを終わらせるだけなら、ほんの10分もあれば済む。だけど、今はできるだけ時間をかけるべきだということが、遥にはわかっていた。

藍は膝の上に手鏡を伏せて、まっすぐ前を向いたまま、遠くを見つめている。

しばらくの間、遥も藍も黙っていた。時折聞こえる葉擦れの音や小鳥の鳴き声が、ぎこちない沈黙を何とか和らげる。

「……東京での生活、どう？　慣れた？」

何を話せばいいか思いつかず、当たり障りのない話題になってしまった。2年も東京で暮らしている相手に、今さらこんな質問……。自分の不器用さが嫌になる。

けれど、藍はそれをからかったりしなかった。

「うん、まぁ、それなりに」

短い答えだが、拒絶している感じもなかった。もしかすると、藍も緊張しているのかもしれない。

「……それなりって？」

「別に……普通だよ。人が多いだけ。あと、くさい」

「くさい？」

予想外の言葉に、藍の顔をのぞき込む。藍は真面目な顔でうなずいた。

「うん。人が多い街は特に……。何のにおいかわかんないけど、くさい」

「そうなんだ」

「北海道からきた友達が言ってたけど、『東京来てから、鼻毛が伸びるのがすごく早くなった』って。空気が汚いからだって」

「えぇ、嘘でしょ」

「ほんとだって」

遙が笑うと、藍もつられて笑った。遙はクシを手に取って、そっと髪をとかす。

「お姉ちゃんは？」

「ん？」

「最近、どう？　彼氏とか。遠距離、続いてんの？」

「まぁね」

優人が就職のために上京したのは、去年の4月だ。もう1年も経った。お互い生活のリズムもつかめてきて、遠距離恋愛を始めたばかりの時のようなすれ違いも減った。

「今度、会いに行こうかなって思ってる」

「え？　お姉ちゃん、東京来るの？」

「具体的な日取りは決めてないけどね。スタイリストになってから、ちょっとは予定が調整しやすくなったから」

「ふぅん」

さっきよりも、少し硬い相づちだった。

藍は昔から、言いたいことがある時、少し間を取る癖がある。何か言いたげな気配を感じて、遙はあえて沈黙した。

藍が話し出すのを待ちながら、遙は優人に言われたことについて考える。

数日前に優人と電話した時に、「近々東京に遊びに行こうと思っている」と話した。優人は喜んだ様子で、「下見だと思って来たらいいよ」と言った。遙は、「下見って、何の？」と聞き返そうとして、できなかった。

遠距離恋愛を始める時に、遙は「今の店で一人前になりたいから」と、松山に残ることを決めた。その時はスタイリストになることで頭がいっぱいで、その先のことは考えられなかった。将来的に、東京に行くつもりがあるのか、ということについて。

その答えは、今もまだ出ていない。けれど最近の優人からは、「念願のスタイリストにもなれたし、遙もそのうち東京に来るだろう」と思っているのが伝わってきて、複雑な気持ちになることがある。確かに東京に憧れはあるけれど、簡単に決心はできない。今のお店に愛着もあるし、友人や両親と離れることを想像するだけで寂しいのに、優人は遙のそういう思いをわかっていないような気がするのだ。

藍は東京に行く時、友人や家族と離れることについてどう思ったのだろう……。

家の前を走る自転車が、チリンと軽やかにベルを鳴らす。その音に背中を押されたように、藍が口を開いた。

「……ママから聞いた。お姉ちゃん、スタイリストになったんだね」

「うん。先月から……」

「おめでとう」

「……ありがとう」

何度もコーム(クシ)を通しているうちに、髪が乾いてしまった。スプレイヤー(霧吹き)でもう一度湿らせる。

「……あたしも、受けた。技術試験」

驚いて、遙は手を止めた。

「技術試験って……スタイリストの？」

「うん。それ以外に何があるの？」

藍が呆れた声で言い返すが、遙はまだ話が飲み込めなかった。

「でも、藍は仕事始めたばっかりじゃない。しかも、まだアシスタントなんでしょ」

藍が専門学校を卒業したのは、たった数ヵ月前のことだ。4月からは、あるヘアメイクアーティストのプロダクションで、アシスタントとして働き始めたと聞いていた。

遙の勤めるサロンでも、アシスタントがスタイリストに昇格するには3年ほどかかる。ましてや藍が目指すのは、競争の激しい華やかな業界だ。藍がスタイリストになれるのは、何年も先の話だろうと思っていた。

それなのに、ほんの数ヵ月、それもアシスタントの経験を積んだだけでいきなりスタイリストの試験を受けたなんて……藍が大胆なのは知っていたが、それでも信じられなかった。

「そうだよ、まだアシスタントだよ」

藍がすねた口調で言う。

「あたしだって、いきなりスタイリストになれるとは思ってないよ。腕試しのつもりで受けたの。ちょっとずつ昇格していくタイプの試験だから、何回でも受けられるし」

「そう、なんだ」

だからといって、就職して数ヵ月で挑戦する強者はそういないだろう。藍の行動力は東京に行っても変わらないのだな、と感心した。

けれど藍は、少しも誇らしげではなかった。

「2時間でヘアセットとメイクをするって試験で、正直、結構自信あった。学校でもさんざんやってきたことだったし」

「うん」

「……でもね、もう、ほんと、ボッコボコに言われた。みんなの前で、思いきり駄目出しされて……。別に、それはいいの。技術が足りないのはほんとだし、自分でも納得してるし。でも……」

藍が手鏡をぎゅっと握りしめる。

「……試験のあと、休憩室の横を通った時にね。『田舎者はやっぱダサい』『流行の上っ面だけ追いかけて、何もわかってない』って聞こえて……。ドア越しだったから、誰が言ったかわかんなかったけど」

「……何、それ」

瞬間的に込み上げた苛立ちは、藍の周囲への怒りというだけではなく、未来の自分を重ねたからかもしれない。

「お姉ちゃん、声低いよ？　怖いんだけど」

おどけた口調で藍に言われて、遙ははっとした。

「あ、ごめん、藍に言ったんじゃなくて」

「わかってるよ。……ほんとにね。何それ、って感じだよね」

乾いた声で藍は笑った。途中で失速して墜落した紙飛行機のように、頼りなく。

遙は、スプレイヤー（霧吹き）とコーム（クシ）を椅子に置いた。空いた両手を藍の頭にそっと置き、丸みをなでながら下ろしていく。

「……お姉ちゃん、何してんの」

「マッサージ、かな」

今のサロンでも、髪を洗ったあとにマッサージをするサービスはある。けれど今遙がしているのは、もっと単純なものだ。

ただ頭をなでるだけ。そして、ただ願うだけ。

大丈夫だよ。元気になぁれ、と。

「……なら、もうちょっと力入れてよ、それじゃ、くすぐったい」

文句のような言い方でも、藍の声は柔らかい。

「はいはい」

指先に力を入れて、今度は本格的にマッサージをする。

「藍」

「ん？」

「その、嫌なこと言った誰かには、ちゃんとお姉ちゃんが仕返ししておくから」

「仕返しって、どうやって？」

不思議そうな藍の頭をなでながら、遙はきっぱりと言った。

「これから先ずっと、新しい靴を履くたびに、絶対靴ずれができる呪いをかけておく」

藍がぷっと吹き出し、肩を揺らして笑った。

「呪いって」

「藍、好きだったでしょ？　魔法とかそういうアニメ」

服の好みや休みの過ごし方と同じように、遙と藍は好きなテレビ番組も違っていた。チャンネル争いで喧嘩になったことは数知れない。

それでも、同じ家でずっと暮らしてきたのだ。藍が好きだったアニメくらいは知っている。

「そうだけど！　あー、懐かしい」

藍の声に明るさが戻る。

遙はダッカール（クリップ）を手に取り、後ろ髪を上げて固定する。次はシザー（ハサミ）。チャキンという軽い金属音は、遙も藍も聞き慣れた響きだ。

「……ねぇ。藍。周りに何を言われても、気にすることないよ。大会で優勝したんでしょ。自信持って」

慎重に毛先の長さを整えながら遙が言うと、藍は「ううん……」となった。

「何、その変な声？」

「実はね、あれ、ちょっと違くて」

「何が？」

「大会っていうか……大会だけど、校内の大会っていうか」

「え？」

「だから……一般の大会じゃなくて、学校の中だけのコンテストだったの。参加者だって、全部で50人くらいの」

藍が気まずそうにもぞもぞと動くので、遙は慌ててシザーを離した。

「危ないから、急に動かないで」

「ごめん」

「……えっと、でも、ちっちゃくても大会は大会でしょ？」

「そうだけど……ねぇ、パパとママには内緒にしてよ。あんなに喜ばれたら、今さら言い出せないし……。お姉ちゃんだから、言うんだからね」

すねたような、それでいてねだるような言い方は、植木鉢を割ってしまったことを打ち明けてきた幼い頃と同じだった。

藍は藍のままだった。

「わかった、わかったけど……ずいぶん信用されてるんだね、わたし」

「当たり前やろ。だってお姉ちゃんは、お姉ちゃんやもん」

藍の甘え言葉に、遥は思わず小さく笑った。

「お姉ちゃん、覚えてる？　あたしがまだ幼稚園の時、お姉ちゃんのお絵かき教室についていったことがあったでしょ。他の子に『ヘタクソ』って馬鹿にされた時、お姉ちゃん、『藍は下手じゃない』って言い返してくれた。お姉ちゃんは、いつも絶対にあたしの味方でいてくれた」

「……そんなことも、あったね」

遥は小学校2年生くらいまでお絵かき教室に通っていて、当時はまだ幼稚園児だった藍が一緒に来たことも何度かあった。

ヘタクソだ、変な絵だ、と大声で馬鹿にされて、藍は顔を真っ赤にして涙をこらえていた。そんな妹を見ていられなくて、普段は引っ込み思案な遥が必死になって、「ヘタクソじゃない！」と食ってかかった。そこまではよかったが、そのあと、教室中の注目を浴びた遥は緊張のあまり泣き出してしまった。その横で藍もわんわんと泣き出して、2人そろって先生に慰められたのをぼんやり覚えている。

「あの頃の藍、本当にわたしにべったりだったもんね」

「そうだよ。だってお姉ちゃんはあたしの自慢で、憧れだったもん」

「……そうなの？」

「そうだよ。だって、お姉ちゃんは、絵も上手だったし、縄跳びで二重跳びが何回もできたし、勉強もできたし。近所の人も親戚もみんな、『遙ちゃんは偉い』って言ってて。……最初はお姉ちゃんがほめられるのが嬉しかったけど、だんだん、嫌になっちゃって」

藍の声に、苦笑いが混じった。

「……何で？」

「お姉ちゃんと何でも比べられるから」

あっさりと告げられた答えに、あの日の電話を思い出す。藍と最後に電話した時、藍は叩きつけるように言った。

――あたしだって、お姉ちゃんのせいでいろいろ言われたんだよ。

「……比べられるって、それ、誰に？」

「みんなだよ。近所の人とか、親戚とか、学校の先生とか。お姉ちゃんはさ、姉と同じ中学に行く妹の気持ちなんて、わかんないでしょ。あたしが中学入った時は、お姉ちゃんはもう卒業してたけど、先生たちは何かにつけて、『お姉さんはちゃんとしてた』『お姉さんはしっかりしてた』って言ってきてさ。あたしも思春期だったから、もーうるさい！ってなって。それからは、校則だってわざと破ってたよ」

遙は呆然とする。

藍があんな風に自由奔放に――そして、遙に対して反抗的に振る舞うきっかけが、自分と比べられたことだったなんて。部活を決める時に「お姉ちゃんには関係ないでしょ！」と遙を突き放したのも、そのせいだったのだろうか。

「バンド友達の影響だと思ってた……」

「もちろんそれもあったけど。でもそもそもバンド始めたのだって、お姉ちゃんが絶対やらないことやってやろうって思ったからだし」

藍は、膝に伏せていた手鏡を手に取って、顔の前に構えた。

鏡越しに、藍と目が合う。様子をうかがうように、少しだけ不安をのぞかせて、遙を見つめている。

「先に美容師になって、先にスタイリストになって。お姉ちゃんはいっつもあたしの先にいて、あたしは追っかけてばっかり」

——お姉ちゃん、待ってよ！

幼い藍の声が聞こえた気がした。

遙はそっと、藍の頬に張りついた髪をすくい取った。

「藍、前髪作ろうか」

「……前髪？」

藍がきょとんとした顔になる。

「うん。サイドの髪にうねり癖がついてて、目にかかってる。思い切って前髪作れば、すっきりするし、前もよく見えるよ」

そうしてあげたい、と思った。藍が前を向いて、思いっきり好きな道を走れるように。

「前髪かぁ……子どもの時以来かも」

藍は自分でもサイドの髪を触り、笑った。

「じゃあ、そうする。可愛くしてよ」

その時、遙の胸いっぱいに広がったのは、喜びだった。

誰かを綺麗に、可愛く、格好よくしたい。それで相手が喜んでくれると、自分も嬉しい。

こんな大事なことを、何で忘れていたんだろう。わたしは、だから美容師になりたいと思ったんだ。うまく行かなくても、壁にぶつかっても、自分なりの方法で何とかやってきたんだ。

今までも――そしてこれからも、それでいいんだ。

不器用なら不器用なりに、ただ前を見て進むだけだ。

「……わかった、任せて」

遙も笑い返して、シザーを手に取った。


「あたしもお姉ちゃんの髪、やる」

手鏡に前髪を映して満足げにしていた藍が、突然そう言って立ち上がった。

「ほら、お姉ちゃん、座って」

「え、いいよ、わたしは」

「いいから！　あたし、このあと、友達と遊びに行くんだから、時間なくなっちゃう」

藍に押し切られて、遙は椅子に座った。

「時間もないし、スタイリングだけするね。お任せでいい？」

「……お願いします」

遥がうなずくと、藍はさっそくコーム（クシ）で髪をとかし始める。それから、少量の毛をすくって編み込んでいく。

あんなに小さくて不器用だった手が、今は迷いなくするすると動いて、遥の長い髪をまとめ上げていく。「座って」と遥の腕を引いた手には、火傷の痕があった。ヘアアイロンのせいだろう。手が荒れているのは、カラーやパーマの薬剤によるものだ。痛々しいけれど、それも全部、藍が確実に前に進んでいる証拠だ。

「ねぇ、藍」

「何？」

「嫌なこと言って、ごめんね」

一瞬、藍の手が止まった。

「……何の話？」

「優勝の連絡くれた時、『やりすぎ』なんて言ったこと。本当に、傷つけるつもりなんてなかった。でも、無意識に、意地悪な言葉を選んじゃったのかも」

「……何で？」

遙は大きく息を吸って、吐き出した。

「藍が、うらやましかったから」


藍が「優勝した」と写真を送ってきた、あの頃。

遙は、スタイリストになるための最後の関門である自由課題を、なかなか突破できずにいた。カットモデルの髪を希望に沿ってスタイリングするという、単純だが奥深い課題は、想像以上に高く分厚い壁だった。

里加子を始めとする指導役のスタイリストから何度も言われた言葉は、「もっと自分らしくやってごらん」だった。そのアドバイスは、遙を悩ませるばかりだった。

――「自分らしく」って何だろう？

自分は、真奈美のように開けっぴろげな気性でもないし、藍のように自由で積極的に動けるタイプでもない。自分の考えを強く主張するより、相手の意見に合わせる性格だということは、自覚している。

そんなわたしに、「自分らしさ」なんてあるんだろうか？

藍からあのメッセージが来たのは、ちょうどその頃だった。２月の冷たい風に心まで硬く強張って、毎日悩んで落ち込んでいた頃。

「優勝したよ」

個性とエネルギーが爆発したような作品と、勝気な笑顔の写真。

自分の意志で東京に飛び出し、身一つで頑張って、ちゃんと結果を出した藍がまぶしかった。

目標であるスタイリストになれずにいた遙には、藍のように胸を張れる成果がなかった。

妹が誇らしい、でも、うらやましい。2つの気持ちが胸の中でぶつかり合って渦を巻いた。

だから、あんなメッセージを送ってしまった。

【おめでとう】

【ちょっとやりすぎ?笑】

2つのメッセージを連続して送った日の夜、藍から電話がかかってきた。

「もしもし、藍?」

伝えようとしたお祝いの言葉は、不機嫌な声でさえぎられた。

「何、あれ」

「え?　何が」

「メッセージ。『やりすぎ』って何?」

感情のない、低い声だった。藍は感情が爆発しやすいほうで、怒った時にはものすごい勢いでわぁわぁとまくしたてるが、怒りが頂点に達すると逆に落ち着いた口調になる。

こんな風に静かに話すのは、本気で怒っているということだ。でも、どうして？

あのメッセージは、ちょっとした軽口のつもりだった。それとも自分たちは、そんな冗談も言えないような姉妹だったんだろうか？

「藍、ねぇ、何で怒ってるの。……気に障ったなら、謝るけど」

「はぁ？　何、それ」

「何って」

「お姉ちゃんはいっつもそう。年上だから自分が引き下がりますよ、藍はわがままだから自分が我慢しますよって顔する。あたしが何言ったって、はいはいって余裕ぶって聞き流してばっかり。本気で向き合ってくれたことなんて、一度もない！」

一方的に言われて、遙もだんだんイライラしてきた。前日の自由課題で、指導役の先輩たちから厳しいコメントをもらったばかりで、気持ちがささくれだっていた。

余裕？　わたしに余裕なんて、あるわけないのに。

「ちょっと、藍、何なの。そういう言い方、気分悪いんだけど」

「気分悪いのはこっちだよ。何が『おめでとう』よ。ほんとは全然いいと思ってないんでしょ、あたしの作品」

「そんなことないって」

「嘘つき。言いたいことがあるなら、はっきり言えばいいでしょ！」

——もっと自由に、思い通りにやってみればいいんじゃないか。

藍の叩きつけるような言葉と、前日に言われたばかりのコメントが重なった。

「……勝手なこと言わないでよ」

簡単に、何でもないことみたいに、言わないでほしかった。

そんなこと、自分でもわかっていた。やりたいことをやりたいように、自由にできたらきっと楽しいだろうって。だけど——。

「じゃあ言わせてもらうけど、あんたがいっつも勝手なことするから、こっちが気を遣って何も言えないんじゃない」

「は？」

「わたしだって……。わたしだって、東京行きたいって思ってたよ！」

美容専門学校に進むと決めた時も。就職活動の時も。

流行の先端を行く東京に憧れる気持ちは、遙にもあった。

けれど遙は、それを誰にも打ち明けなかった。進路相談をしていた教師にも、親にも、恋人の優人や親友の由衣にさえ相談せずに、遙はその気持ちをなかったことにした。

あきらめる理由は、いくらでもあった。

――いきなり東京に出てうまくいくはずがない。

――一人暮らしにはお金がかかる。藍だってまだ高校生で、まだまだお金も手もかかる。両親にそんな負担はかけられない。

そして、優人と離れ離れになってしまう――。

だから、自分に言い聞かせた。

それなのに、藍は東京に行こうとしている。藍が両親に「東京に行きたい」と伝える姿を見た時、妹を応援する気持ちの裏側で、「どうして藍ばっかり」と思ってしまった。

「お父さんとお母さんに負担をかけられないから言わなかったのに、あんたはそういうこと何も考えないで、いっつも自分のやりたいことばっかりやって」

「はぁ？　八つ当たりだよ、そんなの。自分が言わなかったのが悪いんでしょ。あたしのせいにしないでよ！」

「誰のせいで言えなかったと思ってるの！」

「そんなの、自分のせいでしょ。自分が臆病だからでしょ！　他人のせいにしないでよ。あたしだって、お姉ちゃんのせいでいろいろ言われたんだよ」

なぜかその時、藍の声が泣き出しそうに聞こえた。

「……それ、どういうこと？」

「……別に、何でもない！」

その言葉を最後に、電話は切れた。その後もメッセージのやり取りは何度かあったが、あの日の喧嘩については、お互いに話題にしないできた。

言えなかった。「ごめんね」のたった一言が。

東京に行くことを選べなかった臆病さを見抜かれて、恥ずかしかった。自分ばかりが妹に憧れているみたいで、情けなかった。

そんな自分を、受け入れられなかったのだ。

あの時には言葉にできなかった気持ちを、今なら藍に伝えられる気がした。

「あの頃、スタイリストの最後の試験になかなか通らなくて、落ち込んでて。藍は個性的で、行動力もあって、1人で東京行って頑張ってて……ちゃんと結果も出して。それなのにわたしは、って思ったら……悔しくて」

「だから、結果って言っても、しょせん学校内の大会だよ」

「関係ないよ」

自虐的な藍の言葉を、遙はさえぎった。

「関係ない。だって、あの作品、素敵だったから」

「でも……」

「藍のいいところは、自分の好きなもの、自分がいいって思ったものを、ちゃんと大事にするところだよ。自分の感性をしっかり持ってて、流行とか周りの評価に流されない。そういう藍のよさが感じられる作品だった」

古着屋で買った５００円のブラウス、色紙を切っただけの「かっとけん」、幼い頃のたわいもない思い出。

藍にとって「大切なもの」は、周りが決める価値でも、流行でもない。藍自身が選んだ「大切にしたいもの」だ。

「だから、ダサいとか、上っ面の流行とか、そんなこと言ってる人たちのほうが、何にもわかってないよ！」

言いながら悔しさがよみがえってきて、つい強い口調になる。藍は、照れくさそうに小さな声で笑った。

「……ありがと。お姉ちゃんだって、すごいよ。ちゃんとなったもん、スタイリスト」

「何とかね。でも今も、できないことだらけ。やっと1つできるようになったと思っても、できないことがその何倍も見えてくる毎日だよ。だからね、コンプレックス抱えてたのは、わたしのほう」

藍は遙と比べられることが嫌だったと言うけれど、遙が藍に優越感を感じられたものなど、何もなかったと思う。絵も運動も勉強も、それなりにはできたかもしれないが、本気で好きだったわけでも、夢中で打ち込んでいたわけでもない。

藍が中学に入って、自分とはまったく違う輝きを放ち始めた時——「藍のようにセンスも行動力もない自分にできるのは、ただコツコツと地道にやることだけ」と気づいてしまった。だから必死で努力した、そうしたら何とか結果がついてきた。それだけだ。

「……できたよ、お姉ちゃん」

「え？」

「髪。鏡、見てみて」

ぽん、と、藍に肩を叩かれ、遙は膝の上に置いていた手鏡を持ち上げた。

「……綺麗」

背中の中ほどまで伸ばした長い髪は、すっきりとしたアップスタイルにまとめられていた。ラメスプレーや髪飾りを足せば、パーティー用のドレスアップスタイルにもなるだろう。ピンとヘアゴムだけで仕上げたとは思えない、丁寧な仕上がりだった。額と襟足をあらわにしたユニセックスな雰囲気や高さのある三角形のシルエットには、あの大会の優勝作品の面影がある。

「ありがとう、藍。さすがだね」

「……お姉ちゃんのおかげだよ」

「え？」

「お姉ちゃんが教えてくれたんだよ。あたしの絵はヘタクソじゃないって、あたしはあたしでいいんだって」

藍は、結い上げられた遙の髪にそっと触れた。

「技術試験でボロクソに言われた時、本当はね、お姉ちゃんに電話したかった。ヘタクソじゃないって、それでいいんだって、言ってほしかった」

「……かけてくれればよかったのに」

「できないよ、あんな喧嘩したあとに。それに、もう子どもじゃないし。電話したら、ダメだと思った。それに」

藍は深呼吸して、力強く言った。

「お姉ちゃんに『一人前』だって認めてほしかった。ライバルだって、思われたかったから」

「……そっか。ライバルか」

いつからだろう。ずっと、藍は自分とは違うと思っていた。藍は自由で、個性と自信があって。全然違うから、うらやましくて、自分が置き去りにされたように感じていた。

だけど藍は、「今の自分があるのは遙のおかげだ」と言う。遙の知らないところで、悩んだり嘆いたりしながら、遙の背中を追いかけてきたと。

遙は藍に、藍は遙に——お互いの中に、自分にはないものを見出していた。誰よりも近い存在だからこそ、いつだって意識せずにはいられなかった。

あんな風になりたいと憧れる一方で、自分は自分だと意地を張る。すごいと思うけれど、認めたくない。同じ道を進みながら、自分だけの輝きを見せたい——見てほしい。

まるで鏡張りの部屋の中で背中合わせに立っているみたいに、相手の背中ばかり見ては追いつきたいと願っていた。本当は、すぐそばにいるのに。

だけど、そうやって必死にもがいてきたからこそ、今のわたしたちがある。

「ねぇ、お姉ちゃん」

「ん?」

「やっぱりさ、楽しいね。誰かを可愛くするって」

藍の表情は、昨晩の不安げな様子が嘘のように生き生きしている。

もしかして、藍も見失っていたのだろうか。美容師になりたいと思った理由、楽しさ、喜びを——昨日までの遙と同じように。

「ねぇ、藍。何で、ヘアメイクの仕事やりたいと思ったの?」

「んー、それはね」

藍は、椅子の背にかけていたバスタオルを畳みながら、満面の笑みを浮かべた。

「小さい頃、一番好きだったから。『びようしごっこ』が」

遙も思わず微笑んだ。

ああ。やっぱりわたしたちは、昔も今も、「そっくり姉妹」だね。

地元の友達に会いに行った藍は、夕方になって帰ってきた。その夜の夜行バスで東京に帰ると言うので、遙はバス乗り場まで見送ることにした。

バス乗り場までの20分間、夕日のオレンジ色も消えかけた暗い空の下、川沿いの土手を歩く。幼い頃からよく通った道だ。せいぜい2、3人がぎりぎり横並びになれる程度の狭い道。車は通れないから、ガードレールはなく、土手の左右に広がる街並みから遠くの山々まで見通すことができる。

影で塗りつぶされた町に、ぽつりぽつりとオレンジ色の明かりが灯っている様子は、昔読んだ絵本の中の景色にも似ていた。

「お姉ちゃん、待ってよ」

後ろから聞こえてくる甘えた声を聞き流し、遙はスマートフォンで時間を確認する。

「ほら、こんなペースじゃ、バスに間に合わないよ。チケットもまだ買ってないんでしょ」

乗車を予定しているバスを逃すと、次のバスの出発は40分後だ。その分、藍が東京に着く時間も遅くなってしまうから心配しているのに、本人はのんびりした口調で「いいよ」と言う。

「明日は休みもらってるし、次のバスでも大丈夫」

「もう……相変わらずマイペースだね」

遙の呆れ声に、藍が言い返す。

「それは、お姉ちゃんだよ」

「そんなことないよ」

「あるって。お姉ちゃんは、いっつも先行くんだから」

藍が、わざとペースを落として、笑いながら言った。

「……そんなことないよ」

遙も、ペースを落として歩いた。本人に急ぐつもりがないなら、急かしても意味はない。

「お姉ちゃん」

藍が追いついて、隣に並ぶ。

「ん？」

「やっぱり、次は電話する。へこんだ時に、めっちゃ愚痴聞いてもらう」

藍の口調は、妙に意気込んでいる。

「それはいいけど……何かあるの？　へこみそうなこと」

「技術試験」

「え？」

「来週、また受けることにしたから」

藍は、そうきっぱりと言い切った。遙が切りそろえた前髪の下で、強い眼差しが遠くを見すえている。

「そうなんだ。……頑張れ」

「うん」

歩き慣れた道を2人で進む。

幼い頃は、先を行く遙を藍が追いかけてきて、手をつないだ。

藍が中学に入ってからは、別々に歩くことが増えた。

そして今は、並んで歩いている。

「お姉ちゃん」

「ん？」

「前髪、ありがと。今、自分が世界一可愛い自信があるわ」

藍のあまりに自信満々な様子に、頬が緩んだ。

「ちょっと、何で笑うの」

「ごめんごめん。だって言い切るから……そこまで言う？」

「言うよ。だって、あたしプラスお姉ちゃんだよ？　最強間違いなし」

「……こっちこそ、ありがとう。藍のおかげで、明日からまた頑張れそう」

藍のおかげで、大切なことを思い出して、自分を信じることができる。

遙が笑いかけると、藍は遙をじっと見て、深くうなずいた。

「うん。お姉ちゃんも、その髪型、世界一可愛いよ」

「……自分で言う？」

「言う！」

たわいない会話を交わしているうちに、バス乗り場の明かりが見えてきた。黒々とした大きな影は、乗り場に停車しているバスだ。藍が乗るつもりだった便だろう。

今から走れば、ギリギリで予定のバスに乗れるかもしれない。遙はバスを指さした。

「藍、あのバスじゃない？　どうする？　走る？」

「いいよ、次で」

「そう？」

「乗り遅れたって、待つのなんて40分だよ。人生の中の、たった40分。お姉ちゃん、ゆっくり行こ」

「……うん。そうだね」

藍の何気ない言葉が、遙には新鮮だった。藍はこうやって、遙が気づけないことを教えてくれる。

バスのテールランプが遠ざかっていくのを、遙は穏やかな気持ちで見つめた。

「じゃあ、飲み物でも買って、ゆっくりしよ」

次のバスが来るまで、どんな話をしよう。

風に前髪を揺らして、藍が笑った。

第4章 親を想う

何も知らずに　逆らっていた
汗かく姿　見ようともせず
世代だ時代　きっとわからない
決めつけていた　子供の僕は

風邪を引いても　落ち込んでても
電話の向こう側　気付いてくれる
温かい声　優しく背中を押してくれる
あなたの声

今はまだいいさ　言い訳ばかり
情けないけど　過ぎる毎日
変わりゆく自分　急ぐ自分に
今さら届く　いつもの言葉

今だから言える　聞いて欲しい
恥ずかしいけど　伝えたいんだ
変わらぬ愛情　注ぐあなたに
今なら言える　僕の想い

ありがとう
嗚呼

画面をスクロールする指が震える。

表示されている文章を、何度も読み返す。頭の中で痛いくらいに鼓動が脈打ち、背筋に冷たい感触が広がっていく。

——落ち着け。

自分に言い聞かせながら、村上優人は必死に空気を肺に入れた。


昼過ぎまでは、いつも通りの水曜日だった。秋晴れの気持ちの良い朝、むしろ幸先が良い1日だとさえ思っていた。

11時に、上司の西田課長とともにクライアントの会社を訪問した。打ち合わせは昼前には終わるはずだったのだが、急に参加者が増えたり先方が用意した資料に不備があったりとトラブルが重なり、やっと解放された時には14時を回っていた。

「腹減ったなぁ、村上。昼飯、食べてから帰るか」

「はい……」

ぐったりした西田の言葉に異論があるはずもなく、2人で近くの定食屋に入った。昼のピークを過ぎていたために店は空いており、頼んですぐに出された定食を、黙々と食べた。とにかく空腹だったのだ。

「村上は今度の連休、どこか行くのか？」

西田がそんな話を切り出したのは、腹を満たす作業がようやく終わって、食後の茶をのんびりと飲み始めた時だった。今度の連休、というのは今週末のことだ。来週の月曜日が祝日なので、３連休になる。

優人は、口の中に残っていた最後の一口を飲み込んで答えた。

「久しぶりに、実家に顔出そうと思ってます」

「そうか。村上の実家は、四国だったよな？」

「愛媛の松山です」

西田は目元に笑いじわを寄せた。

「松山か。前に出張で行ったことがあるが、いいところだよな。帰省はいつぶりだ？」

「正月以来ですね。なかなか帰るタイミングがなくて」

「ああ……そうか。すまんなぁ。ご両親にも悪いことをした」

優人が帰省しなかった理由に思い当たったのだろう。西田が申し訳なさそうな表情で言う。

「今年は新人が入らなかったからな。１人でも入ってくれれば、少しは楽になるんだが」

「いえ、先輩たちの忙しさに比べたら、自分なんてまだまだ……。それに、新人が入ったら入ったで教えなきゃいけないですから、むしろ大変ですよ」

優人がＰＲ会社「Think Better」に入社して、２年目の秋になった。１年目は新しい環境に慣れるのに必死で、あたふたしているうちにあっという間に過ぎたという印象だった。２年目は、少し余裕を持てるだろうと思っていたが、そううまくはいかなかった。むしろ昨年以上に忙しく働いているうちに、気がつけばもう10月だ。大学の先輩たちが、「働き始めると時間の流れが急に早くなる」と言っていたのを、優人も今まさに実感している。「楽しい時間は早く流れる」と言うが、仕事を楽しむ余裕などないにもかかわらず、やはり時間はすごいスピードで流れていく。

「村上みたいな素直な息子なら、ご両親も帰省を心待ちにしてるんじゃないか。子どものほうは離れてもけろっとしてるものだが、親はやっぱり、寂しいからなぁ」

西田の口調には、しんみりとした実感がにじんでいる。最近聞いた話では、西田には大学生の娘がいて、先月から海外に留学しているらしい。しかも、卒業後も海外で就職することを目指しているという。

優人の親に共感してくれている西田には悪いが、おそらく優人の両親はそれほど寂しがってはいないだろう。特に、父は。

「どうですかね。父は、連休中もずっと仕事場に詰めているでしょうから、帰省しても顔を合わせないかもしれません。うち、実家は商売やってるので」

「へぇ。商売って？」

「材木店です。本当に小さい店なんですけど」

「大きさは関係ないさ。看板と従業員の生活を背負っているんだ。立派なことだよ」

西田の声は穏やかで、他意はなさそうだった。実家を卑下したことをたしなめられたと感じるのは、優人の考えすぎだろう。

「……そうですね。父のことは尊敬してます」

優人は、言い訳するようにつぶやいた。

父の父、つまり優人の祖父が始めた「村上材木店」は、実家の敷地内にある。店といっても、木材の加工場に材木店の看板を掲げているだけだ。家の周りはいつも木材の乾いた匂いがして、工場の近くまで行くと機械の音で会話もままならない。

毎朝、店の看板を黙々と磨いていた父の背中を思い出す。雨の痕や小さな傷がいくつも刻まれた看板はすっかり色あせていて、いくら磨いても古ぼけた印象はぬぐえなかった。個人経営の小さな店だから、社長である父も工場で職人たちと一緒に作業をし、注文が入れば休日でも1日中工場にこもっている。

「それじゃ、村上はいずれお父さんの店を継ぐつもりなのか？　これ以上、うちから若手を取られるのは困るなぁ」

冗談半分で顔をしかめる西田に、優人は笑って返した。

「それは……ないと思います。愛媛で自営業しているより、今の仕事のほうが、よっぽど大きい仕事ができますから」

西田は意表を突かれたようだった。

「……今の若者は、しがらみがなくていいな」

「可愛げないって、思いますよね」

「いや、そんなことはない。親の願いは、子どもが幸せになることだ。村上がそうしたいなら、いいんじゃないか」

嫌味のない励ましの言葉を、西田はさらりと口にした。優人が「上司に恵まれた」と感じるのは、こういう時だ。仕事の話でも雑談でも、西田は相手の話を決して頭ごなしに否定しない。

「お父さんの反応はどうだったんだ？　村上が東京で就職することに関して」

「父は……何も言わなかったです。父と自分とじゃ、時代も状況も違いますし。父は、今の就活のことなんて、よくわからないんですよ」

優人の両親は松山の出身で、これまで松山以外の土地で暮らしたことはない。父は高校を卒業してすぐに実家の材木店に就職——父の言葉で言うなら「弟子入り」した。母は結婚以来ずっと専業主婦で、2人とも就職活動の経験はない。進学も、結婚も、その後の生活も、すべて地元の小さな町の中で完結している。

企業への就職方法だって、両親の時代と今とでは、まったく違っている。エントリーシートや自己分析、ウェブテストのことなど、説明したところでわからないに決まっている。自分の存在価値を企業にプレゼンし、それが否定された時の気持ちなんて。だから優人は、就職活動について、両親にはほとんど相談しなかった。

特に父は昔からデジタルが苦手で、家でインターネットさえ使おうとしない人間だ。だから、1ヵ月ほど前に、父から「スマホに変えた」と連絡が来た時は驚いた。しかしそれ以来、メッセージは送られてきていないから、父のデジタル嫌いは健在のようだ。

「まぁまぁ、そんなことを言うなよ」

優人が父親のことを話すと、西田は悲しそうに眉尻を下げた。

「親とは価値観が違うという考え方もわかるが……それでも、自分の子どものことは知りたいし、話してほしいもんだぞ、親は」

「それはそうかもしれないですけど……。課長の場合は、娘さんだからじゃないですか。息子だったとしても気になりますか？」

「どうかなぁ」

西田が考え込み、閃いたように「ああ」と言った。

「そういえば、村石は父親とすごく仲いいらしいじゃないか。『俺の一番の親友は親父です！』って、前に言ってたぞ」

「ああ……あいつ、そんなこと言ってましたね」

村石の賑やかな声を思い出す。

入社して同じ部署に配属された同期の村石翔太は、人と話すのが好きなタイプだ。席が隣だった優人にも、仕事の合間によく話しかけてきた。

何かのきっかけで家族の話になった時に、父親の写真を見せられたことがある。村石が得意げに見せてきた写真に、優人は驚かされた。

異国で撮られたらしいその写真は、まるで旅行のポスターのように鮮やかだった。高い空とエメラルドグリーンの海を背景に、白髪交じりの壮年の男性が笑みを浮かべていて、真っ黒に日焼けしたその顔は、村石にそっくりだった。「これ、お前の親父さん？」と優人が尋ねると、村石はにこにこと笑って「そう、格好いいだろ、俺の親父！」と声を弾ませた。

「村石のお父さんもすごいよなぁ。定年退職後にウィンドサーフィンを始めて、海外にまで波に乗りに行くっていうんだから」

「村石、本当は今年の夏休みに、父親と２人で海外に行く予定だったらしいですよ。異動でそれどころじゃなくなったって、悔しがってましたけど」

「そうか……。２人旅、お父さんも楽しみにしてただろうにな」

父と息子の２人旅――村石からその話を聞いた時も、優人は驚いた。自分にはそんなこと、考えもつかなかったからだ。

もし自分が父親と２人で旅行するとしたら、どこに行くだろうか。何を見て、何を話すだろうか。想像してみたが、結局、具体的なことは何も思い描けなかった。

「村石といえば……」

西田が気遣わしげな表情を浮かべる。

「仕事の引き継ぎは、大丈夫だったか？　村石の業務、ほとんど村上に引き取ってもらっただろう。先月もかなり残業していたようだし……無理してるんじゃないか？」

「いえ……大丈夫です。お気遣い、ありがとうございます」

西田の心配を少しでも軽くできるように、優人はきっぱりと言い切った。

村石が別の部署に異動になったのは3ヵ月前——7月のことだった。

基本的に、新入社員は最初の配属から2年間は異動はないと聞かされていた。しかしそれはあくまで原則にすぎない。今回は、別の部署で急に退職者が出て、村石が異動することになったらしい。

7月1日に異動の内示が出てから、村石は怒濤のような引き継ぎを済ませ、新天地に旅立った——といってもフロアが変わっただけなので、今も時々エレベーターで顔を合わせている。そのたびに村石に「飯行こうぜ！」と誘われるのだが、その誘いは実現していない。優人のほうに、時間の余裕がないからだ。

村石が担当していた業務の8割近くを優人が引き継いだため、急に増えた業務に、時間的にも精神的にも追われることになった。周囲もフォローしてくれているが、優人の部署も人員に余裕があるわけではない。とにかく無我夢中で、目の前の業務を片づける日々が続いた。夏はとても帰省する余裕はなく、恋人の遙が夏休みを取って、こちらに遊びに来てくれた。

へアサロンに勤める遥は、春に念願のスタイリストに昇格したばかりだ。忙しい中で連休をもらうのは大変だっただろう。しかしそのおかげで、夏らしい思い出を作ることができた。

ただし、仕事が忙しいというのは、悪いことばかりではない。例えば筋トレでは、筋力を鍛えるために、筋肉に適度な負荷をかける。仕事も同じだ。その意味では、村石が異動して否応なしに仕事が増えたことは、むしろチャンスだと優人は思っていた。

「先月は……展示会のトラブルで、ばたばたしてしまいました。でも、それも先週解決したので。今月は早く帰るようにします」

優人が淀みなく答えると、西田はようやく表情を和らげた。

「そうか。それならいいが、何かあったら、遠慮なく言ってくれよ」

「はい」

西田の優しさをありがたく思いつつ、優人は時々歯がゆさも感じてしまう。

気を遣われるばかりではなく、戦力と考えてもらえるだけの実力をつけたい。早く一人前と認められる成果を挙げたい。入社2年目を迎えてから、そう思うことが増えた。

茶を飲み干した西田が、伝票に手を伸ばした。

「そろそろ出ようか」

「はい」

席を立ったところで、ズボンのポケットでスマートフォンが震えた。仕事用ではなく、プライベートのほうだ。上着を羽織りながらメッセージを開くと、送信者は母だった。

【母】ちゃんと食べよる？

母は時々、たわいもない内容の短いメッセージを送ってくる。母曰く「放っておくと全然連絡してこないから、元気でやっているのか知りたい」とのことだ。上京したばかりの頃は毎回返信していたのだが、最近はメッセージを既読にするだけで返事をしないことのほうが多い。既読にすれば、とりあえず「読んでいる」ことは伝わる。

「村上、大丈夫か？」

「はい、今行きます！」

優人はスマートフォンをポケットに戻し、会計に向かう西田のあとを追った。

オフィスに戻るなり、優人は先輩の高倉に声をかけられた。優人の5年先輩で、1年目から優人と村石にいろいろと仕事を教えてくれた気さくな人だ。しかし今は、表情が強張っている。

「村上。NBRソリューションズの伊藤さんから、電話があった」

「NBRソリューションズですか？」

村石から引き継いだクライアントの1つで、システム開発と保守点検を行う中堅のIT企業だ。サービスのPRを「Think Better」に委託しており、部署の売り上げの2割を占める得意先でもある。先方の担当者は伊藤という50代の男性で、几帳面な性格で納期に厳しいと聞いている。以前、村石が企画書の提出を遅らせてしまった時は、締切日の翌日の始業時間ぴったりに催促の電話がかかってきたらしい。その時はギリギリで企画書を仕上げていたのですぐにメールで送ったが、それでも相当嫌味を言われたと、村石が話していた。

伊藤には、引き継ぎの際に挨拶に行った1回しか会っていない。村石の言うように、気難しそうな印象だったのを覚えている。その時は名刺を交換して、依頼があればその都度メールで連絡すると言われたが——そこまで考えて、ふと頭の片隅で警告音が鳴った。

メール？

目の前の高倉の話す声が、やけに大きく聞こえる。

「そう、企画書の依頼の件だって。朝から何度も電話があったんだけど、村上、今朝は客先に直行だったろ？　かなり怒ってるみたいだったから、俺が話を聞こうとしたんだけど、村上と話すの一点張りでさ」

そうだ、先週ＮＢＲソリューションズからメールが届いた。企画書の依頼だった。それからどうした？　確か確認したいことがあったから、質問をメールで返信した。答えが来てから取りかかろうと思って——それから何日経った？　返信を見た記憶は？

「村上？」

「あ……はい、すみません、確認します」

慌ててデスクに戻り、ノートパソコンを立ち上げる。ＮＢＲソリューションズからのメールを検索すると、ちょうど1週間前の水曜日に、伊藤から「新規ＰＲ企画書のご相談」というメールが入っていた。その返信として、優人がいくつか質問を書いたメールを送っている。ここまでは記憶の通りだ。

その翌日に、伊藤からの返信が入っていた。しかしそのメールは未読の状態で、内容を読んだ覚えがない。

見落とした？　嘘だろ……。優人の背中を、冷や汗が伝う。

そういえば先週の金曜日、「ＮＢＲからまだ返信がないな」と思った記憶がある。メールで返事を催促するかどうか迷ったが、月曜に連絡するつもりで先延ばしにした。そして月曜日は……展示会の準備のヘルプに入ってほしいと急きょ呼び出されて、そのまま1日中外出していた。メールのことは、すっかり忘れてしまっていた。

優人は、最初のメールを再び開いた。指定された提出締め切りは、昨日だった。

村石の時も、締切の翌日に催促の電話がかかってきたと言っていた。その時はすぐに対応し、企画書を送って何とか事なきを得た。今回は？　電話にも出ず、メールも返さず、企画書はまったくの白紙だ。

呆然と画面を見つめていた優人は、数時間前に伊藤からメールが届いているのに気づいた。「重要」という赤いアイコンが表示されている。心臓の音が耳元で響くのを聞きながら、メールを開く。

「依頼した企画書の件」「いっこうにご連絡をいただけず」「お電話もつながらず」「以前にも締め切りを守っていただけなかったことがあり」「このような対応では、御社との契約についても考え直させていただきたく」。

マウスのポインタがぐらぐらと揺れていると思ったら、マウスをつかんでいる自分の手が震えていた。

とにかく、伊藤に連絡して、謝罪しなければならない。まずはそこからだ。

仕事用のスマートフォンを取り出して、伊藤に電話をかける。コール音が1回、2回……10回を数えたところで電話がつながる。

優人が息を吸った瞬間に、ブツッと電子音が鳴り、電話が切れた。

切られた、のだ。

すぐにもう一度かけるが、今度はコール音が鳴るばかりでつながらない。村石の言葉を思い出す。

「伊藤さん、怒らせると面倒くさいんだよ。とにかく頑固でさ」

売り上げの2割を占めるNBRソリューションズの担当者を怒らせてしまった。

——御社との契約についても考え直させていただきたく。

突き刺さるような言葉。もし、このことが原因で契約を切られたら?

優人は電話を切った。胸が苦しい。震える肺をこじ開けるようにして深呼吸した。

落ち着け。

まずは「報告・連絡・相談」だ。ミスをしたら、上司に報告して対応を相談するべきだ。

「課長」

「ん？　……村上？　どうした？」

西田の席に行って声をかける。優人の顔を見て、西田も何かを察したようだった。

「申し訳ありません！　ＮＢＲソリューションズさんを、怒らせてしまいました」

言い終わらないうちから、深く頭を下げる。

天地がひっくり返り、高いところから落ちていくような思いだった。

優人の説明を聞いた西田は、動じた様子もなく、ただ「わかった」とだけ答えた。そのままスマートフォンを片手に、会議室に入っていく。

優人は席に戻る。担当している他のクライアントへの対応など、進めなければならない作業は他にも山ほどある。

しかし気がつくと会議室に目をやってしまうし、連絡が来ないかとスマートフォンに気を取られ、ほとんど仕事が手につかない。

西田が会議室から出てきたのは30分後だった。気が気でなかった優人は、すぐに西田の元に駆け寄った。

「課長」

「村上、明日、朝イチでＮＢＲソリューションズに行くぞ」

「はい」

「企画書は……できれば1つでも、何かアイデアを持っていきたいところだが」

「やります。今日中に」

食いつくように答える優人の肩に、西田がぽんと手を置いた。

「村上は、今まで大きなミスがなかったから、今回のことで動揺するのはわかる。でも、ミスなんて誰でもするものだ。だから、あんまり深刻になりすぎるなよ。フォローが行き届かなくて、悪かったな」

落ち着いた語り口に、うるさかった心臓が少しずつ静まっていく。

「……そんなこと……ミスしたのは自分です。迷惑をかけて、申し訳ありません」

「迷惑？　何言ってるんだ。管理職は、こういう時のためにいるんだよ。だからこれは、当然の仕事。村上の仕事は、まず企画書を作ることと、再発防止策を考えること。それだけだ」

「……はい」

西田に頭を下げて自分の席に戻る途中、高倉に声をかけられる。

「村上、ちょっといい？」

「はい」

「俺、村石の前にNBRソリューションズ担当してたから、その時の資料、メールで送っておいた。よかったら参考にして」

「……ありがとうございます」

「気にすんなって。あそこを担当した奴はみんな、こういう洗礼を受けるんだよ」

高倉は気取った仕草で片目をつぶって笑った。高倉自身も大口のクライアントをいくつも抱えていて、忙しいはずなのに。

そうだ、落ち込んだり動揺している暇があるなら、まずは自分にできることをする。それだけだ。

優人は静かに息を吐いた。

翌日の木曜日、優人は西田に付き添われて、NBRソリューションズを訪問した。

会議室に通されても、優人は落ち着いて座っていることができなかった。机の横に立ったまま、そわそわしてしまう。隣に並んだ西田に、何度も「落ち着け」と声をかけられた。

10分ほど待ったあと、伊藤が入ってきた。優人は挨拶より先に、勢いよく頭を下げた。

「大変申し訳ございませんでした」

腰を深く折ったまま、自分の革靴と、床のカーペットをじっとにらむ。

「伊藤さん、今回は誠に申し訳ないことでした。上司である私の責任です」

優人の横で、西田も頭を下げるのが、視界の端に見える。

はぁ、と、大きなため息が前方で聞こえた。

「謝っていただいても、時間が戻るわけじゃないですよね。うちにもいろいろと都合があるんですよ」

「……ご迷惑をおかけして、本当に申し訳ございません」

「とにかく、座ってもらえますか。そんなんじゃ話もできない」

言いながら伊藤が机の向こう側に行き、椅子を引く。伊藤が腰を下ろすのを待って、優人も席に着いた。

伊藤は白髪交じりの小柄な男性で、父親と同じくらいの年齢に見える。太い眉毛とぎょろっとした目が印象的だ。その迫力に気圧されないように、優人は腹に力を入れた。

「企画書の件についてですが、すぐに提出しますので、もう少しだけお時間をいただけませんでしょうか」

「いや、もう要らないですよ。雑に作られても迷惑ですから」

「そこをどうか、もう一度だけチャンスをいただけないでしょうか。まずはアイデアを、今すぐお見せしますので」

優人はノートパソコンを取り出そうとしたが、伊藤は顔をしかめ、手を振って拒んだ。

「アイデアだけ見せられてもしょうがないので、結構です」

「……申し訳ございません」

取り付く島もない態度に、何とか立て直した心がいよいよへし折れそうだった。後悔が嵐のように押し寄せる。

どうして先週の金曜日、返信がないと思った時点ですぐに連絡をしなかったのか。そうすれば、「もう返信しました」と怒られることにはなっただろうが、こんな致命的な事態は避けられた。たった1通のメールを打つのなんて、ほんの数分で済む。そんなちょっとした作業を面倒くさがって後回しにしたせいで、こんなことになってしまった。

言葉もなくうなだれた優人の隣で、西田が穏やかに微笑み、身を乗り出した。

「伊藤さん。御社とは、もう10年以上もお付き合いをさせていただいており、大変ありがたく思っております」

「もう、そんなになりますか」

「うちの若手は、みんな御社にお世話になりました。おかげさまで、あの高倉も、ようやく一人前の営業に育ちました」

「ああ、高倉くんね。彼も大変だったな」

おや、と優人は不思議に思った。伊藤の口調は相変わらずぶっきらぼうだが、少しだけ笑みを浮かべたように見えたのだ。

「その節は本当にご迷惑をおかけしました。あの高倉が何とか一人前になれたのは、伊藤さんのご指導のおかげだと思っています」

「指導なんて、していませんよ。迷惑はさんざんかけられましたが」

「迷惑ついでに、どうかこの村上にも、仕事のイロハを教えてやっていただけませんか？　厚かましいことは、重々承知していますが……」

伊藤がちらりと優人を見る。優人は黙って頭を下げる。

しばらくの沈黙のあと、伊藤が大きく息を吐いた。

「仕事のイロハはともかく、企画書は、連休明けの火曜日まで待ちます。午前10時までにメールで送ってください。間に合わなければ、今度こそ結構です」

「ありがとうございます！」

「では、失礼します。私も暇じゃないんで」

優人の礼に素っ気なく応じ、伊藤は会議室を出て行った。

わずか15分にも満たない短い面談を終えたあと、優人と西田は、最寄りの地下鉄の駅に向かった。

「課長。本当に、申し訳ありませんでした」

歩きながら優人が切り出すと、西田は笑って優人の肩を叩いた。

「謝るなって。とにかく、企画書は受け取ってもらえそうでよかったな」

「はい。絶対に間に合わせます！」

すると、西田の表情が急に引き締まった。

「村上、わかってるとは思うが、締め切りに間に合わせることがゴールじゃないからな。伊藤さんが『待ってよかった』と思うような、良い企画提案をすること。もともとはそこが目的地だったんだから、締め切りに間に合わせるだけじゃ、『0』に戻っただけだぞ」

「……はい」

優人はドキリとした。西田が指摘した通り、汚名返上することばかりに気を取られ、企画内容をより良くすることまでは気が回っていなかった。

「……課長、お願いがあります。連休中、出勤させてもらえませんか」

「連休中？　休日出勤ってことか？」

「はい。もちろん、業務時間中にできるだけのことはやります。ただ、時間が足りなくて」

今日は木曜日で、夜には別のクライアントとの懇親会があるので残業ができない。となると、作業ができるのは明日1日だけだ。汚名を返上するだけでなく、信頼を取り戻す提案をまとめるには、時間があまりに足りない。

会社からは、休日出勤は極力避けるように言われている。しかし今は、そんなことを気にしている場合ではない。

「でも、村上、この連休で帰省するんじゃなかったか？」

心配そうな西田の心遣いが、嬉しいのと同時に申し訳なかった。もとはと言えば、優人のミスが招いたことだ。

「帰省はいつでもできますから。お願いします」

「……わかった。申請は、ちゃんとするように」

「ありがとうございます」

気がつくと、地下鉄の改札の前に着いていた。ポケットからスマートフォンを取り出した西田が、ふいに立ち止まった。

「悪い、乗る前に1本だけ電話する」

「はい」

西田が電話している間に、優人も仕事用のスマートフォンをチェックした。特に連絡は入っていない。

ついでにプライベートのスマートフォンを取り出して、優人は母にメッセージを送った。


【ゆうと】今度の休み、帰れなくなった。仕事でトラブルがあって。ごめん。


一気に打ち込んで送信し、すぐにアプリを閉じた。

ひどく情けない気持ちだった。初歩的なミスをして、クライアントや上司に迷惑をかけた。両親だって、優人の帰省に合わせて準備をしてくれていたかもしれない。それもすべて無駄にしてしまった。1つだけマシなことがあるとすれば、遙にはまだ帰省の連絡をしていなかったことだ。またぬか喜びさせてしまうところだった。

本当に……どうしようもないな、オレ。

優人はスマートフォンを鞄に入れた。いつもは着信にすぐ気づけるようにポケットに入れるが、今は逆にその存在を忘れていたかった。

その夜の懇親会で、優人は酔いつぶれてしまった。

優人は、懇親会の幹事を任されていた。幹事の仕事は、参加者の予定の調整や場所の確保だけではない。会を盛り上げ、細やかな気配りで楽しい雰囲気を保つことも、重要な役割だ。村石はこれが抜群にうまかった。優人もそれなりに場数を踏んできたつもりだったが、ついNBRソリューションズのことを考えて落ち込みそうになる気持ちを高揚させておくために、酒に頼ってしまった。ヤケ酒に走ったつもりはないが、自制が効かなかったのは事実だ。

懇親会の途中から、「まずい」という自覚はあった。いつもより酔っている感覚も。会が終わるまでは何とか頑張って、上機嫌なクライアントを駅の改札で見送った——しかし、そこで力尽きた。

クライアントと別れたとたんに足取りがおぼつかなくなった優人を介抱してくれたのは、同じ懇親会に参加していた高倉だった。「このまま電車乗ったら、車内で吐くぞ。これは俺の経験談だ」と恐ろしいことを言う高倉に支えられ、優人は深夜の公園のベンチに連れていかれた。

ベンチで優人がぐったりとうなだれている間、高倉はコンビニで買ったペットボトルのミネラルウォーターを飲んでいた。

「村上、大丈夫か？」

「……大丈夫です……」

「あー、そのガラガラ声は駄目だな。明日、ノド死んでるぞ、多分」

「はい……」

高倉は面白がっているように軽く笑った。しかし、「水飲めよ」と、優人の分のミネラルウォーターを差し出す手つきは優しい。

「お前さ、村石が抜けてから、ずっとフルスロットルで仕事してるだろ」

「いえ……オレなんて……」

「お前、不器用だよなぁ。手の抜き方、知らないっていうかさ。キツい時は、ちゃんと言えよ」

「……ありがとうございます」

重い頭を起こして、優人もミネラルウォーターを飲んだ。休憩したおかげで、酔いはさめ始めていたが、その代わりに眠気が襲ってくる。

「西田さんから聞いたぞ。お前、夏もこの連休も帰省しないんだって？」

「帰るのは、いつでもできますし……」

話しかけてくる高倉に何とか返事をするが、頭がぼんやりして、自分の声が他人のもののように聞こえる。

「そんなことを思ってると、いつまでも帰れねぇんだよ」

「いいんです……オレ、親父に、『戻ってこなくていい』って言われてるので」

「え？」

スマートフォンをいじっていた高倉が、ぎょっとして優人を見た。

「何それ、重い話？　もしかして、お前、勘当されたの？」

「いや……そういうんじゃないんです。見送りで……」

「見送り？」

「就職決まって、上京する時に……親父に……」

話しながら視界が揺れ、首にガクンと衝撃が伝わる。

「ちょ、村上？　頼むから、ここで寝るなよ？」

「……親父に……ロボット……ロケット……」

「は？　ロボット？　ロケット？」

高倉の声がぼやけて、小さくなっていく。


小学校3年生か、4年生のクリスマスだったと思う。

当時の優人は、小学生の間で大人気だったロボットアニメ「サンダーセブン」に夢中だった。Tシャツにスニーカー、鉛筆にノートなど、アニメのグッズを何でも欲しがった。

その年のクリスマスに、優人は「サンダーセブン」のおもちゃを父にねだった。クリスマス商戦に合わせて、「サンダーセブン」の主役ロボットである「サンダーレッド」の人形が、新しく発売されることになっていた。関節駆動式の手足を自由に動かすことができて、胸からミサイルを発射できる最新型だ。優人はチラシを父に見せて、「これが欲しい」とねだった。父は、「わかった」とうなずいた。

クリスマス当日、期待に胸を躍らせる優人に渡されたプレゼントの中身は、「サンダーセブン」のジグソーパズルだった。優人は「これじゃない！」と訴えたが、父は「人形なんてすぐに飽きる。こっちのほうが長く遊べて楽しいだろう」と言うだけだった。

翌日、遊びに行った友達の家には、「サンダーレッド」の人形があった。優人は、うらやましくて仕方なかった。

その数年後、夏休みの自由研究を決める時にも同じようなことがあった。優人は、テレビで見たペットボトルロケットを作りたいと思っていた。水を噴き出して高く飛ぶロケットの格好良さが、目に焼き付いていた。母に話すと、「1人じゃ危ないから、お父さんと一緒に作ってね」と言われたので、工場に行って父に相談しようとした。

しかし優人が父に話を切り出すより早く、父は何かの植物の鉢を優人に渡してきた。「今年の自由研究は、これにしたらいい」と言って。

渡されたのは、月下美人の株だった。月下美人はなかなか花を咲かせず、時には何年育てても、つぼみすらつけないことがあるらしい。その珍しい花がもうすぐ咲きそうだから、観察日記をつけたらどうかと、父の知り合いから譲ってもらったという。

「毎日コツコツ世話をするのは大変だが、きっといい経験になる」

父はそう言って鉢を渡すと、優人に背を向けて仕事に戻ってしまった。優人はすっかり気持ちを挫かれて、何も言うことができなかった。結局、母に手伝ってもらいながら世話をした月下美人は綺麗な花を咲かせたが、優人は素直に喜べなかった。

ときどき、考えることがある。

もし、父親と自分が同級生だったら、父親と友達になれただろうか。

村石は自分の父親を「親友」と呼んでいたが、それに倣うなら、優人と父の距離感は「話したことのない同級生」だ。顔も、名前も、だいたいの性格も知っているけれど、気が合うとは思えないから、それ以上は近づかない——そういう相手。世代や価値観の違いのせいだけではない気がする。根本的に性格が違う。父とは、違う方向を向いて生きているのだ。

優人が東京での就職を決めた時、父は反対しなかった。でも優人は、本当は知っていた。父が、優人に材木店を継いでほしいと思っていたこと。店で雇っている職人が、ふざけて優人に「三代目」「若」と呼びかけるたび、父がもの言いたげな視線を一瞬だけ優人に向けていたこと。

優人は、それに気づかないふりをし続けた。自分はもっと大きな仕事がしたいんだと、頑なに背を向けた。父に「店を継いでほしい」と、言葉にして伝えられたくなかった。

だから、優人は父と仕事の話をすることを避けてきたし、自分の選択の正しさを早く証明したかった。自分の選んだ道でちゃんと成果を出していることを、両親に示したかった。

何とか東京で就職して、最近は仕事にも慣れてきたと思った矢先の、痛恨のミス。情けなさと自分への怒りで、息が詰まる。

こんなところで、立ち止まっていられないのに。早く、早く……。

「おーい、村上？　寝るな？　ここで寝るなって！」

遠くから声が聞こえてくる。水の中に潜っているように音がこもって、よく聞き取れない。

その後のことは、記憶が曖昧だ。高倉の肩を借りて、タクシーに乗せられたことは何となく覚えている。


次にはっきりと意識が戻った時は、自宅のベッドで枕を抱えて転がっていた。

ゆっくりと体を起こす。だるさはあるが、吐き気や頭痛などはない。鞄は玄関に転がっているし、スーツの上着はソファに放り出されているが、無事に帰ってこられたらしい。

やってしまった。村石がよく高倉に介抱されていたのは知っていたが、まさか自分まで迷惑をかけることになるとは……。

落ち込んだ気分を振り払って、シャワーを浴びる。面倒をかけ、その上、遅刻などは絶対にできない。

寝る支度を整えて、改めて一眠りしようとした時には、午前3時を回っていた。

アラームをセットするために、スマートフォンを玄関まで取りに行く。電気を消した暗い室内で、メッセージの通知ランプが光っていた。画面に触れると、メッセージのポップアップが表示される。

【母】無理せんでいいよ。


メッセージの直前には、母からの不在着信があった。

懇親会の直前、母から電話がかかってきた。その時、優人は1人で店に向かう途中だったから、電話に出ることは可能だった。けれど優人は、電話に出なかった。出られなかった。

上京以来、母は時々電話をくれる。そして二言三言話すだけで、母はいつも優人の気持ちを察してしまう。落ち込んでいる時には「何かあった?」。体調が優れない時には「ちゃんと休みなさい。あんたはあたしに似て、すぐ扁桃腺を腫らすんだから」。そしていつも最後にはこう言う。「無理せんで、いつでも帰っておいで」。

母が急に電話をくれた理由が、優人を責めるためではないことはわかっていた。

「大丈夫なん?」「ちゃんと休んでるの?」——母の言葉は想像がついて、だからこそ聞きたくなかった。聞いてしまったら、張り詰めた心が一気に緩んでしまうから。

現に今、優人の目は涙でじわりと熱い。

優人は、母からのメッセージを見つめる。

母にどんな言葉を返せばいいのか、思いつかなかった。

脳裏に浮かぶのは、まだ記憶に新しい光景だった。

懐かしい実家の自室で、大学生の自分が気難しい顔をして机に向かっている。中学時代から使い続けている学習机には、エントリーシートや履歴書が散らばり、「勝つための自己ＰＲ」「最強の自己分析」などと銘打たれた本が積み上げられている。机の中央にはノートパソコンが置かれ、文書作成ソフトのまっ白な画面が目に痛いほど光っている。

就職活動を始めた時、優人は希望の業界を絞らなかった。代わりに求めた条件は、「東京で働けること」「大きな仕事ができること」。今思えば、曖昧で夢見がちな条件だが、当時の優人は真剣だった。

西田には言わなかったが、優人が「会社員」にこだわるようになったきっかけは「父親」だ。自分の父親ではなく、小学校５年生の時に転校してきた同級生の。

商社勤めの父親に連れられて世界各国を転々としてきたというその同級生は、海外での体験談を面白おかしく話して、あっという間にクラスの人気者になった。当時、彼の父親はアフリカに単身赴任していた。夏休み明け、その同級生は「父親のところに行ってきた」と言って、夕陽に赤く染まる広大な砂漠やピラミッドを間近で撮った写真を見せてくれた。もちろん、同じような風景はテレビの中で何度も見たことがあったが、驚いたのは、どの写真にも同級生が「主人公」として写っていたことだ。

優人が受けた衝撃は大きかった。地元の町しか知らなかった10歳の少年が、同い年の少年に「世界」を見せられたのだ。

家族参観の日、その同級生の父親はスーツ姿で、整髪料の香りを漂わせて現れた。その隣に立つ優人の父親は作業着姿で、工場で飛び散った木くずの粉を袖や裾にくっつけていた。2人の対照的な姿は、幼い優人の心に、「世界で活躍するビジネスマン」への憧れをがっちりと刻みつけた。

中学、高校と時を経ても、その思いは変わらず、就職活動でも一貫して「海外とつながりのある東京の大手企業」を第1志望に据えた。優人が求める「大きな仕事」ができるのは、東京の企業しかないという思い込みがあったからだ。大手メーカーや商社、証券会社に銀行――それぞれの業界の大手を片っ端から受けるという「数を打つ」作戦で優人の就職活動は始まり、そして全敗した。

今思えば、そんなのは当たり前のことだった。優人は自分の思い描く「大きな仕事」がどんなものなのか、具体的に説明することができなかった。何となく、多くの人を動かし、世界にも影響力があるような、そういう仕事――そんな抽象的なイメージで、説得力のある志望動機を語れるはずもなかった。

しかし、当時はそれがわからず、書類選考や1次面接で落とされるたびに、自分の人格を否定されたように感じて落ち込んだ。面接のために、東京まで出向かなければならないことも多く、交通費や宿泊費も負担になった。両親に頼らないで済むようにアルバイトで貯めていた金も、みるみるうちに減っていった。

大学3年から始めた就職活動は、状況が良くならないまま、ずるずると長引いた。4年の夏になっても、優人はまだどこからも内定をもらえていなかった。

このまま、1件も内定が出なかったらどうしよう。

新しくエントリーシートを送るたび、履歴書を買い足すたび、脳裏によぎるそんな想像を、必死で振り払っていた。

今、目の前にいるのはその時の自分だ。追い詰められて、苦しくて、でも友人にも遥にも弱音を吐けずに、ギリギリのところで踏ん張っていた自分。

「優人」

名前を呼ばれて、机の前にいる当時の自分が振り返る。

父が立っていた。見慣れた作業着姿。木くずの粉や機械油で汚れた袖口。

「何？」

大学生の自分が、抑えきれない苛立ちのにじむ声で応じる。平静を装っているが、明らかに不貞腐れている。

「就職活動はどうなんだ？」

父の低い声は、ぶっきらぼうに聞こえる。怒っているわけではなく、いつもそうなのだ。そして必要なこと以外、ほとんど言葉にしない。

「……別に、大丈夫だよ。迷惑もかけてないだろ」

「本当に大丈夫なのか。夢ばかり見ていないで、身の丈にあったところを選べよ」

「うるさいな！　就活したこともないくせに、何がわかるんだよ！」

淡々と言われた瞬間、優人は乱暴にノートパソコンを閉じた。

「優人」

「それに『身の丈』って何だよ。オレの何を知ってるんだよ！」

優人が親に向かって声を荒げたのは、これが最初で、今のところ最後だ。

優人の反抗期は激しいものではなかった。中学に上がった頃、妙にイライラして口を利かなかったり、時間をわざとずらして1人で夕食を食べたり、よく遊びに行っていた工場に寄り付かなくなったりはしたが、両親と真っ向からぶつかるようなことはなかった。もし兄弟がいたら、理由のない苛立ちを持て余して喧嘩したかもしれないが、優人は一人っ子だった。

母は無理に干渉することなく、不機嫌に振る舞う優人をそっとしておいてくれた。父とは、もともとほとんど会話もなかったから、喧嘩になりようがなかった。高校受験でも大学受験でも、優人の志望校を聞いた父の反応は、「好きにしなさい」という一言だけだった。

父が優人の進路に口を出したのは、就職活動が行き詰まっていたこの時が初めてだった。それまでは何も言わなかったくせに、突然「身の丈」などと言われたことに、優人はどうにも我慢ができなかった。

高校や大学進学の時に何も言わなかったのは、「どうせ材木店を継がせるんだから」と思っていたからじゃないのだろうか。

そう思った時、優人は、父と違う人生を歩むこと、その第一歩を進めるために必死で戦うことを、改めて決意したのだった。

両親のように、生まれた町を一度も離れないという生き方もあるだろう。交通手段や連絡手段が今より限られていた両親の世代なら、珍しいことでもない。でも優人の世代は違う。自分の意志さえあれば、地球の裏側にだって行ける時代だ。そして優人には、その意志がある。それなのに地元で一生を終えるのは、「自分に嘘をついて生きていくこと」に思えた。

「そうか」

ぽつりと答えて、父は優人に背を向け去っていった。

この会話を交わした1ヵ月後、優人は「Think Better」の内定を獲得した。

優人が「この会社に就職する」と報告すると、父はいつものように「好きにしなさい」とだけ言った。母には「遙ちゃんには話したの？」と心配され、ドキリとした。

遙には、東京で就職したいという希望は伝えていたが、実際にそうなった場合のことは何も考えていなかった。それでも優人は、「遙ならわかってくれる。一緒に東京に来てもらってもいい」と楽観視していた。就職活動を始めたばかりの時と同じで、自分に都合の良いものしか見ようとしていなかった。その後、遙と何度も話し合い、ようやく、優人は自分の考えの身勝手さに気づいたのだ。

そしてあの日——上京する優人を見送りに、両親が駅に来た日。

目の前の光景がだんだんと薄れて、変わっていく——優人の部屋から、実家の最寄りの駅前ロータリーに。

入社直前の3月、東京に引っ越す日だった。荷物はすでに発送してあったから、優人はスポーツバッグ1つを背負って駅まで歩くつもりだった。車で駅まで送る、と言い張ったのは母で、父も珍しく、工場を抜けてついてきた。

運転席に座った母が、優人と父を駅前に下ろし、駐車場を探すために再び車を発進させた。優人はそれを見送ってから、スマートフォンで電車の時刻表を検索していた。

しばらく無言で優人の隣に立っていた父が、ぼそりと何かを言った。優人が「何？」と聞き返すと、父は少しだけ声を大きくして繰り返した。

「戻ってこなくていいからな」

どういう意味かと聞き返す間もなく、母の運転する車が戻ってきた。駐車場が満車で止められないと言うので、「見送りはここまでで充分」と優人のほうから切り出した。

母は名残り惜し気に手を振り、父は先に車に向かって歩き出す。優人に背を向ける直前、父は言い足した。

「ただ……たまには、顔見せに来い」

そこで、目が覚めた。

実家の自室でも、駅前のロータリーでもなく、一人暮らしの部屋のベッドの上に寝転がっている。手にはスマートフォンを握りしめたままだ。母への返信を考えるうちに眠ってしまい、夢を見ていたらしい。

中途半端に眠ったせいか、背中や腰が痛い。寝返りを打ちながら、優人は夢の内容を思い返した。

そういえばあの時、父はそんなことも言っていた。でも、「戻ってこなくていい」のあとに、「顔見せに来い」なんて……どっちが本音なのか。

父の言葉の後半を今まで忘れていたのは、「戻ってこなくていい」という言葉のインパクトが強かったからだろう。突き放されたと思い、多少はショックも受けた。これは、報いだと思った。父が自分に「跡を継いでほしい」と思っていたことに気づいていたのに、父が言葉にしないのをいいことに気づかないふりをし続けた――その代償だと。

今の優人にできることは、とにかく東京で、自分の選んだ会社で、成果を出すことだけだ。そうすれば、堂々と帰れると思った。だから、失敗してつまずいている場合じゃない。

二日酔いで重い頭を押さえ、優人は時計を見て固まった。いつも家を出る時間だった。

金曜日の朝、優人は遅刻寸前でどうにかオフィスに滑り込んだ。土曜日から月曜日までの3連休は、NBRソリューションズに提出する企画書作りに没頭した。火曜日の朝一番に、完成した企画書をメールで提出した。

とはいえ、それで終わりではない。翌日にNBRソリューションズを訪問して詳細を説明することになっていたので、その準備をしたり、他のクライアント向けの仕事を調整したりと、結局オフィスが閉まるギリギリの時間まで残業した。メール1通を後回しにした自分が、つくづく恨めしかった。

22時すぎに帰宅して郵便受けを確認した優人は、宅配便の不在票を見て首を傾げた。宅配便が届く心当たりはない。いぶかしく思いながら、宅配ボックスを開けて中身を取り出すと、荷物の差出人は母だった。中身は「食料品」と書かれている。

荷物を抱えて真っ暗な部屋に入り、玄関のドアを閉める。靴を脱ぎ捨て、荷物をローテーブルに置いて、ベッドに倒れこんだ。布団カバーの冷たい感触が頬に張りつく。

急に腹が鳴り、次いで猛烈な空腹感に襲われた。体が、さっき見た宅配便の伝票の「食料品」の文字に反応したのかもしれない。

ベッドから下りて、段ボール箱を引き寄せる。伝票とガムテープをはがして箱のフタを開けると、鮮やかなオレンジ色が目に飛び込んできた。

優人の好物の、早生みかんだった。

箱の中身をざっと確認すると、みかん以外は保存食のようだ。タッパーに入れられた漬け物や、インスタント食品、菓子まで入っていた。

みかんのビニール袋には、2つ折りにされた手紙がテープで貼り付けてある。破らないようにそっと開くと、母のほっそりとした字が並んでいる。

「元気にしよる？　いつ帰ってきてもいいけんね。体に気をつけて」

文面から大きく空白を開けて「母より」と書かれた下に、小さく、しっかりとした字で、「父も」と書き添えられている。その文字のたたずまいは、部屋に静かに座って何かの帳面を読んでいる父親にそっくりだった。

文面を見るだけで、両親のやり取りが目に浮かんだ。

手紙を書き終えた母が、父にペンを渡す。「お父さんもここに何か書いてください」「……いいよ、おれは」「いいから書いて」――そんな会話を何往復か経て、父は結局署名だけを添えたのだろう。

昔から両親は、いつもそんな関係だ。無口で感情がわかりづらくぶっきらぼうに話す父と、そんな父の分まで気を回す気遣い上手の母。

いや――優人だって、父のことを言えた立場ではない。

「ちゃんと食べよる？」「無理せんでいいよ」――母からの言葉に、優人は何も返していない。

「スマホに変えた。仕事は順調か？」――デジタルが苦手な父が、ようやく打ち込んだであろう文章にも、返信をしなかった。

両親がいつも手渡し続けてくれた、ささやかだけれど途切れることのない思いに、優人はきちんと応えてきただろうか。

優人が帰るはずだった連休に用意された、優人の好物を詰めた荷物。添えられた、手書きの温かい言葉。

ビニール袋を破って、みかんを取り出す。優人にとって、みかんは冬というより秋の味覚だった。優人は熟したみかんより、身が引き締まった早生みかんが好きだからだ。それを親に伝えたことはなかったが、話すまでもなく母は知っていた。

少し酸っぱい果汁は、懐かしく温かい味がした。

ＮＢＲソリューションズとの問題は、水曜日にようやくすべて解決した。西田とともに再び訪問し、頭を下げ、企画書を受け取ってもらえたのだ。怒声や嫌味を覚悟していたが、伊藤は企画書をペラペラとめくると、淡々と「面白いんじゃないですか」と言った。

胃が痛むような重荷からはようやく解放されたが、オフィスに戻ってからも仕事は山積みだった。NBRソリューションズの企画書を優先させている間にたまった、他のクライアントからの依頼や、数日後に行われる会議の準備。

気がつけば、窓の外は暗く、ビル群には明かりが灯っていた。オーバーヒートしたような感覚のある額に手を当てる。実際に熱があるわけではなさそうだが、疲れで少しぼんやりしていた。

頭を休ませようと、オフィスに併設された休憩室に向かった。ベンチに座り、低い音でうなる自動販売機を眺めていると、休憩室のドアが開き、西田が入ってきた。

「村上、お疲れ様」

「お疲れ様です」

西田はまっすぐ自販機に向かい、小銭を入れてボタンを押す。ガコン、ガコンと缶が落ちる音が響く。

「はい、どうぞ」

目の前に、エナジードリンクの缶が差し出された。

「え？」

「休み明けから大変だったな。休日出勤もしてたし、疲れただろう」

「いえ。自分のせいですから。でも……ありがとうございます。いただきます」

優人は缶を受け取った。西田も自分のコーヒー缶を開けながら、優人の隣に座る。

「NBRさんの件、大変だったな。でも伊藤さん、今日は怖くなかっただろう？」

「そうですね。ただ、何を考えているのか、わかりづらいというか……どういう人なのか、まだよくわからないです」

無口ではないが感情の読めない伊藤と、無口でいつもぶっきらぼうな父親は、どこか似ている。初めて会った時から、伊藤に対して緊張感ややりづらさを感じていたのは、そのせいかもしれなかった。

優人の返事を聞いて、西田は苦笑した。

「伊藤さんはなぁ、ちょっと気難しいけど、今どき他社の新人をああやって厳しく育ててくれる人は珍しいよ。案外情が深いんだよなぁ。何かあるたびに、二言目には『お付き合いを考え直す』って言うし、口調はぶっきらぼうだけど、認めるべきところは、きちんと認めてくれる」

「はい」

「今回も、村上の真摯な思いが伝わったから、許してくれたんだと思うぞ。うちの新人は、みんなあの人に育ててもらったようなものだよ。高倉なんて、伊藤さんから預かったデータを間違って消したこともあるんだ」

「高倉さんが？」

部署のエースである今の高倉からは、想像もできないエピソードだった。クライアントのデータを間違って消去——考えるだけで血の気が引くような悪夢だ。

「それって……大丈夫だったんですか」

「大丈夫なわけないだろ。システム部に泣きついて、消えたデータの8割は復旧できたけど、2割はパアだった。あの時は、部長にも出てもらって平謝りだったよ。まぁ、伊藤さんからもう一度データをもらえたし、結局、許してくれたんだけどな」

懐かしそうに話す西田に、優人はふと浮かんだ疑問をぶつける。

「でもそれって……伊藤さんがオリジナルのデータを持ってるなら、最初から謝って、データをもらえばよかったんじゃないですか？　もちろん、伊藤さんが怒るのはもっともですけど、データ復旧にかかった時間がもったいないような……」

もし最初はデータを渡すことを拒否していたなら、それは、単なる「意地悪」ではないか。

優人の内心を見抜いたように、西田は苦笑した。

「そうなんだけどね。多分、本当はなかったんだと思うんだ。オリジナルデータ」

「え？　どういうことですか？」

「これは推測だけど、伊藤さん、データを作り直してくれたんだと思う。こっちで復旧したデータと、伊藤さんからもらったデータ、仕様がちょっと違ってたから」

「それって……伊藤さんは、データを作り直したことを言わなかったんですか？」

優人は驚いて聞き返した。

「推測」ということは、伊藤本人からは何も聞いていないということだ。相手のミスで消されたデータを作り直したのに、「オリジナルデータがあった」と嘘をついたのか。

西田は穏やかな表情でうなずいた。

「何も言わなかったよ」

「それは……こちらに、気を遣わせないためですか？　そのために？」

「多分ね。そういうところなんだよ、伊藤さんが優しいのは。だからうちは、若手に必ずＮＢＲさんの担当をさせるんだ。いろいろと勉強になるからな」

「……はい。本当に、勉強になりました」

ミスに気づいた時のことを思い出すと、今でも胃がしめつけられる。手の震えや、大音量で聞こえた心臓の音までもよみがえってくる。

「ほんのちょっとした油断とか気持ちの緩みから、こういう事態になるんですね」

「そうだな。どんなに大きな仕事も、結局は小さな作業の積み重ねだ。大きな仕事になればなるほど、足元がぐらついた瞬間に一気に倒れる。建築や工事と同じだな」

西田の言葉に、優人はなぜか両親の背中を思い出した。

まだ暗い早朝から、工場に向かう父と、台所に立っていた母。

「……課長」

「ん？」

「あの……課長の娘さん、海外で就職しようとされてるんですよね。留学する時って、何て言って見送ったんですか」

「うちの娘？」

意外そうに瞬きしながら、西田がうーんとうなった。

「そうだなぁ……まぁ、普通のことだな。できれば毎日メールしろ、とか、つらかったらすぐ帰って来い、とか……。妻には、普通どころか過保護だって叱られたけどな。妻は、スパッとこう言ったんだ。『親のことなんか忘れなさい』って」

「え？　忘れろ、ですか？」

「そうなんだよ。『寂しい時はいつでも連絡しなさい。でも、普段は親のことなんか忘れて楽しみなさい』ってね。そんなこと言っておいて、見送ったあとはちょっと泣いてたけどな」

「はい……」

とっさに返事はしたものの、後半の言葉はあまり耳に入らなかった。

――戻ってこなくていいからな。ただ……たまには、顔見せに来い。

父が言いたかったのはもしかして、そういうことなんだろうか。故郷に残した両親に気を遣わずに、自分のやりたいことに集中していいと。そして帰りたいと思った時は、いつでもそうしていいと。

進学も就職も、優人は両親にほとんど相談せずに決めた。何を考え、何を目指して決心したのか、自分の考えを何も伝えてこなかった。両親は、自分のことを50パーセントも理解していないだろう。それなのに、自分のことを１００パーセント信じて、送り出してくれた。

東京に出てきてしまった自分は、あと何回、両親に会う機会があるだろう。いつだって帰れると思って、ずるずると帰省を延ばすうちに、時間はどんどん過ぎていく。

「課長」

「ん？」

「休日出勤した件なんですけど……金曜日の午後に、代休をいただいてもいいですか？……親に、顔見せてきます」

「……もちろん！　行ってこい」

西田の温かい笑顔に、照れくささがこみ上げる。

優人はスマートフォンを取り出した。


【ゆうと】金曜の午後から休みもらった。今週末にそっちに帰る。


まずは、母に。

少し迷ってから、父にも送った。

金曜とはいえ平日だからか、飛行機の機内は空いていた。優人は窓際の席に座って、外を眺めた。

午前中に立て続けにクライアントから電話が入った時はどうなることかと思ったが、高倉の助けもあって、優人は昼過ぎにオフィスを出ることができた。それでも時間はギリギリで、空港まで息を切らして走る羽目になった。

優人がこうして座っている間にも、飛行機は猛スピードで進んでいる。

就職活動をしていた時の優人には、この距離がとても大切で、決定的なものだった。父とはまったく違う生き方を選ぶために、必要な距離だと思っていた。地元から遠く離れた場所に行き、広い世界で「大きな仕事」をするために。

けれど当時の優人は、その「大きな仕事」とは何なのか、自分が何をしたいのか、何もわかっていなかった。面接や履歴書で飽きるほど使い倒した表現だったのに、その中身について真剣に考えようとしていなかった。

「大きな仕事」は「小さな作業」の積み重ね——西田の言葉を思い出す。

父は毎朝、店と工場の看板を磨くことを習慣にしていた。冬の寒く暗い朝でも、雨が降る中でも。幼い優人は、「どうせ古くて傷だらけの看板なのに、何で？」と不思議で仕方なかった。

それに、父が毎朝工場内のすべての機械を点検する理由もわからなかった。休みの日に父が工場で作業をすることもあり、気持ちよく眠っているところを機械の音で起こされると、子ども心にも苛立ちを覚えたものだった。

今なら、父のしていたことがどれほど重要かわかる。看板は店と工場の顔であり、誇りだ。工場での事故は、思わぬ大けがにもつながる。父が気を配るのも当然のことだ。

母は、仕事人間の父の分まで、家の中のことをすべて切り盛りしていた。3食温かい料理が用意されていること、洗濯物もゴミも埃もたまらないこと、布団がふかふかに干されていること。それがすべて「当たり前」でないことに優人が気づいたのは、上京して一人暮らしを始めてからだ。母は家族3人の住む家の環境を整えて、店や工場の掃除や整理もしていた。毎日忙しくて、疲れていたはずだ。けれど母は不満を決して見せなかった。いつも笑顔で父や優人を気遣い、家の中をぱたぱたと歩き回っていた。苦しい時や辛い時、母はどこでその不満や痛みを吐き出して、乗り越えていたのだろう。

父と母が日々行っていたことは、言わば半径数メートル以内の生活だ。大舞台で拍手喝采を浴びることもないし、世界に大きな影響を与えることもない。

けれど、両親のその小さな営みの繰り返しが、祖父の代から続く店を支え、優人の育った家庭を築き、遠く離れた東京にも届く愛情を育んできた。

それは、決して古くさくも時代遅れでもない、人と人をつなぐ大切な営みの連鎖だ。あまりに当然のように、ずっとそばにあったから、気づくことができなかった。

優人に必要だったのは、距離ではなかった。両親が言葉にせずに伝えていたものを、時には不器用でわかりづらいその心を、受け取ることだった。

腕時計で時刻を確認する。実家の最寄り駅に着くのは、夕方遅くになる予定だ。

自分は、両親にどんな言葉を返せるだろう。どんな言葉で、気持ちを伝えられるだろう。

優人は椅子に体を預けて、目を閉じた。


地元の駅は、変わらない風景で優人を迎えた。駅から家までの道を、ゆっくりと歩く。

遠くで吠える犬の声。住宅街の狭い道に立つ板塀。色あせた見本が並ぶ自動販売機。優人を追い越して走っていく、ランドセル姿の子どもたち。

ポールがへこんだカーブミラーの先の角を曲がると、乾いた木材の匂いがした。

「村上材木店」の看板は、少し傷が増えたようだった。工場の出入り口のシャッターは閉まっていて、外には昔と同じように木材が積み上げられている。

——帰ってきた。

初めての帰省でもないのに、不思議と強くそう思った。

工場からは機械の音もしないし、周囲に職人の姿もない。今日はもう仕事を終えて、父も家に戻っているのだろう。優人は、敷地の奥に見える実家に向かった。

玄関の引き戸には、鍵がかかっていなかった。戸を引き開けると、奥に人の気配がある。玄関からリビングを抜けた先が台所になっており、そこにいると玄関の音が聞こえないことがよくあった。ちょうど夕飯の支度の時間だから、母はそこにいるのかもしれない。

荷物を玄関に置いて、台所のほうに進む。油の跳ねる音と香ばしい香りが近づく。

リビングと台所を隔てる玉すだれの向こうに、エプロンを付けて揚げ物をする母と、作業着の父の姿があった。きびきびと動く母の周りを、父がうろうろと歩き回っている。

「おい、優人は？」

「そろそろ着くと思いますよ」

「そうか」

少し黙ってから、また父が話し出す。

「……お前、あれは優人に言ったか？」

「あれ？　あれって……あぁ、優人の会社が新聞で特集されていたこと？」

「そうだ」

「お父さんが自分で言うって、話したじゃないですか。何のためにスマホにしたの」

「おれは……いいよ。お前から言ってくれよ」

「もう、お父さん。だいたい、スマホの使い方、本当にわかってるんですか？」

「わかってるよ」

「本当に？　さっきだって、『画面に触っても動かない。壊れた』っていうから見てあげましたけど、ちょっと待ったら、ちゃんと動いたでしょう」

「……そういうことだって、ある」

「それに、メールじゃなくて、アプリでメッセージを送るんだって、教えたじゃないですか。それなのに、下書きしたメールが何十通も残ってましたよ。使い方がわからないなら、ちゃんとそう言ってくださいな」

「だから、わかってる。あれは下書きだ」

「もしかして、メッセージの内容に悩んでるんですか？　まったくもう、父と息子でしょう。何を照れることがありますか」

母が菜箸を置いてくるりと振り向き、優人と目が合った。

「あら、優人、もう着いてたの。おかえりなさい。帰ったなら、声くらいかけなさいよ。親子そろって無口なんだから」

母が笑いながら言って、父を見る。父はぼそりと言った。

「……おかえり」

そのやりとりは、あの手紙とまったく同じ間合いだった。母の優しい言葉のあと、少し遅れてついてくる、不器用な父の言葉。

どんな言葉を返せるだろう。改めて自分に問いかける。

母が作っているのは優人の好物の唐揚げで、実は母親相手には意外としゃべる父は、優人のことばかり話していた。

両親の紡ぐ小さな営みのひとつ一つが、今の自分を支えている。気づくのに時間がかかったけれど、今日まで両親が元気でいてくれたのは、当たり前のことではない。

そう思った瞬間に、自然と口から言葉が出ていた。

「ただいま。……いつも、ありがとう」

第5章
仲間を想う

特に用もなく　集まってきて
特に大事な　話はしない
昔の話　未来の話
彼女の話　話を聞けよ

友情だとか親友だとかは変で
腐れ縁なだけだろう
ゆるいつながり
一人になりたいときには
　そばにいやがる

何も聞かずに　大声で笑い
何も言わずに　ただ飯を食う
迷う自分を　悩む自分を
笑い飛ばして　背中を叩く

ただ根拠もなく　なんとなくだけど
きっとずっと　変わらぬ時間
喧嘩もするし　抱き合いもする
振り向けばいる　肩組んで笑う

　またな
嗚呼

自分の周りにだけ明かりがついた暗いオフィスで、村上優人は受話器を片手に頭を下げた。

「本当に、申し訳ございませんでした」

こんなことをしても、電話の向こうの相手に見えるはずはない。それでも、体が反射で動いてしまう。

「謝られてもしょうがないんですよ。それで問題が解決するわけでもないし」

右耳に当てた受話器から聞こえてくる声は、電話がかかってきた1時間前と変わらず不機嫌だった。

「それとも、とりあえず謝っておけばいいとでも思ってるんですか」

「いえ、そんなことは決して」

「さっきから、『すみませんすみません』って繰り返すばっかりで、声に誠意が感じられないですよ。口先で謝るだけなら、誰でもできますから」

「それは……本当に、ご迷惑をおかけして、申し訳ないと思っております」

「もう結構です。とにかく、返品の手続きと修正の費用については、来週改めてお話しさせてもらいますからね」

「はい。本当に、すみませんでした」

優人の言葉が終わらないうちに、通話は切れていた。ツーツーと、空しく鳴る受話器をそっと電話機に戻す。

優人の勤めるPR会社「Think better」は決算期の3月を迎え、1年でもっとも忙しい時期に差しかかっている。優人も入社して丸2年が経ち——来月には入社3年目になる。ようやく、1年間の仕事の波が予想できるようになった。

とはいえ、今日はまだ1週目の金曜日だから、それほど忙しくはない。優人も本当なら、1時間前に帰る予定だった。「ちょっとこれだけ済ませておこう」と思った雑務に手をつけ、その作業中にかかってきた電話に出ることがなければ。

このミスさえなければ……。

優人は、隣の空いたデスクに積まれている分厚いカタログを手に取り、ページをパラパラとめくった。

優人の担当するクライアントの中に、フィットネスマシーンやトレーニング器具を扱うメーカーがある。このメーカーが、来月行われる健康器具関連の展示会に出展することになり、それを機に商品のカタログを数年ぶりに更新した。優人もカタログの内容やデザインのチェックに携わり、つい3日前に、印刷した１００部をメーカーに送付した。

そのカタログに、間違いが見つかった。それが先ほどの電話の内容だ。

間違っていたのは、ある商品の型番だった。型番が間違っていると正しい商品が注文されず、メーカーやその顧客に損害を及ぼすことになる。メーカーの担当者が怒って連絡してくるのも、当然のことだった。

不幸中の幸いは、メーカーが取引先にカタログを発送する前にミスが見つかったことだ。顧客の手に渡ったあとに間違いが見つかったら、費用だけではなく、メーカーの信頼そのものに関わる問題になるところだった。

最悪の事態は避けられたとはいえ、カタログの刷り直しの費用は発生する。型番を間違えたのは印刷業者だが、印刷前に内容をチェックしてＯＫを出したのは優人だ。メーカーにしてみれば、このミスは優人の責任ということになる。当然、刷り直しの費用の負担を、こちらに求めてくるだろう。

優人は、ため息を飲み込んで、カタログを元の場所に戻した。今は空席になっているそのデスクは、同期の村石翔太が異動するまで使っていた場所だ。村石の異動後も補充の人員が入らなかったので、今は部署全体の共有物置のようになっている。書類や文房具が置かれた隣の席を眺めながら、優人はふと思った。

こんな時、村石だったら、どうするだろうか。

クライアントからミスを指摘する怒りの電話が入ったら、村石ならきっとまず大声で「申し訳ございません！」と謝るだろう。最初は怒り狂っているクライアントも、そのうち必死に謝る村石の姿にほだされて、「しょうがないなぁ」と何となく丸く収まる――そんな光景が目に浮かんだ。村石の人懐っこさには、相手の警戒心を解く力がある。まさに営業マン向きの資質だ。

それに比べて、自分は……「声に誠意が感じられない」「口先で謝るだけなら、誰でもできますから」。言われたばかりの言葉が、脳内で再生される。

優人は、感情があまり表に出ない性格だ。人見知りで、他人と打ち解けるのに時間がかかる。村石とは、まるで真逆の性格だ。

自分は営業職には向いていないのかもしれない。せめて村石の半分、いや10分の1でもいいから、器用になれないものだろうか。いや、今さら、どうしようもないか……。後ろ向きの思考が、次から次へと膨らんでいく。

スマートフォンの振動音で、優人は我に返った。デスクの上に出してあったプライベート用のスマートフォンに、メッセージ受信の通知ランプが光っている。

【和樹】ミッチーとジュン、東京到着！　仕事終えて来い！

優人ははっとした――もう、そんな時間か。

ミッチーこと佐々木原充雄と、ジュンこと大野順平は、高校時代の部活で仲が良かった男子4人組のうちの2人で、地元の松山に残っている。もう1人の仲間である藤田和樹は、優人と同じように上京し、ＩＴ系の会社に就職した。和樹とは今でも東京で時々会っているが、4人全員がそろうのは久しぶりだ。

優人が今から1時間前に退社するつもりだったのも、この集まりのためだ。ミッチーとジュンが東京に着く前に、和樹と先に軽く飲むつもりだった。結局、「先に1杯」どころか、優人が遅刻することになってしまったが。

友人たちの笑顔を思い出して、懐かしさがこみ上げる。勉強も、部活も、放課後も……呆れるくらい一緒にいた。あれが青春って奴だったのかな、と考えると、急に自分が年を取った気分になる。

暗いオフィスの中、液晶画面の明るさが目に突き刺さるように感じられて、優人はスマートフォンを伏せた。目の前には、作成途中の書類が表示されたノートパソコン。隣のデスクに積まれたパンフレットの黒い山。

——疲れた。

優人は長いため息をついた。

終わらせるはずだった書類は、まだ作成途中。自分のミスに対する重苦しい気持ちも、ずっしりと胸に居座ったままだ。正直なところ、居酒屋の賑やかさを楽しめる気分ではない。

けれど、書類の締め切りはまだ先で、残業の理由にはならない。パンフレットのミスの件だって、先ほど上司の西田にメールで報告を済ませており、あとはもうどうしようもない。そして何より、遠く松山からはるばる来てくれた友人が待っている。

優人は、作成中の書類を保存すると、ノートパソコンを閉じて立ち上がった。


待ち合わせの店は、和樹と何度か訪れたことのある和食系の大衆居酒屋だった。値段が手頃で、酒も食事もうまく、何より接客が気持ちいい店だ。

店に入ったとたんに、店員たちからの「いらっしゃいませ!」の連呼に迎えられる。伝言ゲームのようなかけ声は、いつもなら爽快だが、今は少しだけ煩わしい。

「すみません、待ち合わせなんですが」

「優人！　こっち！」

店員に案内を頼むまでもなく、奥の座敷から和樹に呼ばれた。同じ卓を囲むミッチーとジュンもすぐに振り返り、「優人！」「遅いぞ！」と手を挙げる。

優人は店員に会釈して、和樹たちの座敷に上がった。

「悪い、遅くなった」

「いいよ、お疲れ。ビールでいい？」

「ああ、サンキュ」

「オッケー」

にこっと笑って、正面に座っている和樹が店員を呼ぶ。優人に待ちぼうけを食らわされたのに怒る様子もない、優しくて気の良い友人だ。優人と同じく仕事帰りなのでスーツ姿だが、人懐っこい柴犬のような顔は、すでに赤くなっている。

座敷に座った優人の肩に、斜め前の席から拳を当ててきたのはミッチーだ。

「優人、ひっさしぶりだなぁ！」

「おう。正月ぶりだな」

ミッチーと顔を合わせるのは、正月に帰省した時に飲みに行って以来だ。地元の不動産会社に勤めているミッチーは、髪型こそ営業マンらしくさっぱりと整えているが、カジュアルなパーカーにデニムパンツという私服姿だ。学生の頃と何も変わっていないように見える。

ミッチーのあとは、隣のジュンに背中を叩かれる。

「お疲れ、優人」

「お疲れ」

ミッチーと同じくラフな私服姿のジュンは、学生時代と同じように、肩まで髪を伸ばしている。専門学校を経て自動車整備士として働いているジュンの職場は、一般的な会社勤めと違って、髪型や服装の自由度が高いらしい。

「ミッチーもジュンも、長距離バスで来たんだろ?」

「そうそう、まだ尻が痛い。もうおれら、若くねーな」

腰をさするジュンの横で、ミッチーが「ケチ親父のせいだよ」と顔をしかめる。

「親父って、ミッチーの?」

「そう。東京進出の下見してきてやるから、代わりに交通費出せって交渉したのにさ、『お前にそんな実力あんのか?』『そもそも、何で他社の人間の出張費を出さなきゃいけねーんだ』って、鼻で笑われたよ。可愛い跡取り息子のために、一肌脱ごうって気にならないかね、フツー」

ブツブツ言うミッチーを見て、ジュンが笑う。

「だってお前、もう可愛いって図体じゃねぇだろ。社長はよくわかってるよ」

「おいジュン、お前どっちの味方だよ！」

「そうそう、ジュンの言う通りだよ」

「何だよ、和樹まで。この裏切者！」

ミッチーがさらにふてくされて、ビールをあおる。

ジュンが「社長」と呼ぶミッチーの父親は、地元で有名な不動産会社の社長だ。ミッチーは「父親の会社を継いで不動産王になる」と高校時代から宣言していて、今は「修業」と称して、あえて別の不動産会社に勤めている。口は悪いが仲の良い親子ということも、地元ではよく知られた話だ。

「ジュンは？　奈那子さんも誠くんも、元気か？」

優人が尋ねると、ジュンは顔をほころばせた。ジュンは専門学校時代の彼女の奈那子と結婚して、息子の誠を授かり、仲間内の誰より早く父親になったのだ。

「ああ。奈那子は今、誠を連れて実家に里帰り中。1人で留守番してても退屈だから、ミッチーの有休消化に付き合ってるっていうわけ」

「何だよ、嫌々付き合ってるっていうのかよ。じゃあジュンは、優人や和樹に会いたくなかったってことか？」

「そんなわけあるか。会いたくなきゃ、こんな時期にわざわざ東京に来るかよ」

ハイテンションのミッチーをあしらうジュン。この関係も高校時代から変わらない。

「ジュン、こんな時期って？　それに、奈那子さんが里帰りって、もしかして」

優人の問いに、ジュンは照れくさそうにうなずいた。

「そ。……今、2人目がお腹にいてさ」

「……マジか！　知らなかった！」

テーブルに手をついて、ミッチーが前のめりになる。和樹とジュンも、手元のジョッキを持って身を乗り出した。

「おめでとう！」

「よっ、2児のパパ！」

「あぁ、ありがと」

嬉しそうなジュンのジョッキに、和樹とミッチーが自分たちのジョッキをぶつける。まだビールが届いていない優人は、仕方なくぶつけるふりで妥協した。

「誠くん、今、何歳だっけ？」

ビールをあおり、泡を口元につけたままで和樹が尋ねる。ジュンは、指を3本立てた左手を突き出した。

「3歳。もう、めちゃくちゃしゃべるよ」

「ってことは、ジュンが結婚してからもう4年か。早いな」

優人のつぶやきに、和樹がうなずいた。

「いや、ほんとにそれは思う。俺たち4人全員そろうのも、結構久しぶりだしね」

「そうだな」

優人が和樹と最後に会ったのは正月明けだ。それぞれ帰省はしたものの、地元では会うタイミングがなかったので、東京で新年のあいさつをした。

ミッチーとは、帰省した時に初詣で偶然会った。1番長く会っていなかったのはジュンで、去年の秋に季節外れの帰省をした時に飲んで以来だ。

そう考えると、一人ひとりとはそれぞれ顔を合わせているが、4人で集合するのがいつぶりか――すぐには思い出せない。

同じことを考えていたのか、両手の指を立てたり曲げたりしていたミッチーが、呆然として言った。

「いや、マジで、最後に全員集合したのっていつだ……？」

「まさか、おれの結婚式じゃないよな？」

「いや、ジュン、さすがに4年前ってことはないよ……え、マジで、結婚式以来？」

誰も正解を思い出せないうちに、優人が頼んだビールが届く。酒や食事の提供が早いのも、この店の良いところだ。

「では、改めまして」

和樹が声を上げて、ふと首を傾げる。

「乾杯……何に乾杯する？」

「ジュンの2人目の子ども？」

「いや、『ミッチーの東京進出（仮）』でいいよ」

「4人そろったことに？」

「もう、それ全部に、でいいだろ」

それぞれ自分のジョッキを握り、掲げる。

「乾杯！」

ぶつけ合ったジョッキから、白い泡が飛び散った。

「そういえば、優人、聞いた？　ゴッド、今年で定年だって」

乾杯後の一口もそこそこに、和樹が興奮した様子で言い出した。

「ゴッドが？　もうそんな年？」

驚く優人に、和樹が「だよな！」と勢いづく。

「やっぱそう思うよな？　俺もさっき、ジュンから聞いてびっくりしたよ！」

通称ゴッド——本名・神（じん）は、優人たち4人が所属していたバスケ部の顧問だ。優人の記憶の中では、ジャージ姿で大声を上げる中年教師のまま、時間が止まっている。その顧問が60歳の定年を迎えると言われても、なかなか実感がわかない。

「おれも、工場の後輩から聞いてびっくりしたわ。退職の発表した時、ゴッド、生徒の前で泣いたんだって」

ジュンに言われて、優人は思わず聞き返した。

「え、あのゴッドが？」

ジュンが重々しくうなずき、ミッチーと和樹がしみじみと言った。

「マジか。ゴッドの目にも涙、だな」

「でもどうせ、『目に汗が入っただけだ』とか、見え見えの言い訳したんだろうな」

優人たちが所属していたバスケ部は、一言で言えば弱小チームで、県大会の予選さえ突破できたことはない。だからといって部活動が楽だったわけではなく、むしろ神は鬼コーチとして有名だった。ただし、指導は厳しかったが理不尽なことはしなかったから、生徒には意外に慕われていた。

「でもおれらも、ゴッド泣かしたことあるだろ。ほら、夏の県大会予選」

ジュンが枝豆をつまみながら言った言葉に、和樹とミッチーは首を傾げた。

「え、いつ？」

「ゴッドが泣いた？　オレたちのことで？」

「そう、泣いた。話しながら、でっかい音で鼻すすって……え、マジで覚えてないの？　優人はわかるよな？」

優人は、ビールを一口飲んでから答えた。

「覚えてる。でも、あれ、レギュラーミーティングの時だから、ミッチーと和樹はいなかったよ」

優人たちが高校3年生の夏に行われた、県大会の予選の時の話だ。負ければそこで敗退し、3年生は引退となるトーナメント式の大会だったから、一試合一試合が真剣勝負だった。優人とジュンはレギュラーメンバーとして出場し、ミッチーと和樹は途中で何度か試合に出たものの、ベンチメンバーだった。

「そうだったっけ。じゃあ、ゴッドの泣き顔を見たのは、おれと優人だけか。優人、よく覚えてんな」

「そりゃ、まぁ……オレらの引退試合だったし。やっぱ、悔しかったから」

忘れるはずもなかった。

あの試合は、優人のせいで負けたのだから。

その年、弱小チームだった優人たちのバスケ部が、奇跡的に勝利を重ねた。他校の不調という番狂わせもあって、バスケ部創設以来初めての県大会進出に手が届くところだった。最後の試合、1点差でもいいから勝ちさえすれば。

今でもはっきりと覚えている。体育館の床を擦るシューズの甲高い音。汗で体に張りつくユニフォームの感触。2点差を示す得点ボード。あと2点……焦りとともに、1秒ずつ減っていく時間。

試合終了を告げるブザーの音と同時に、自分の手から放たれたボールが、ゴールに向かって弧を描く。この3ポイントシュートが入れば、逆転勝利だ。

しかしボールは、ゴールネットをかすめて落ちた。静寂の体育館に、ボールが弾む音が空しく響いた。

外した？　負けた？　これで、もう終わり？

呆然とコートに立ち尽くして、周りを見渡した。相手チームのメンバーたちの笑顔。自分の仲間たちは、顔をくしゃくしゃにしてうなだれ、しゃがみこみ、肩を支え合っている。ベンチから聞こえる、すすり泣き。

目の奥が熱くなり、鼻がツンと痛んだ。優人は、ユニフォームで汗をぬぐうふりで涙を誤魔化した。

泣くな。泣く資格なんてない。だって、オレがシュートを外したせいで負けたんだから。

歯を食いしばって、目元にぐっと力を入れる。「いつもの顔」を必死で作って、優人はベンチに戻った。誰よりも号泣する和樹と、それを慰めるミッチーに迎えられ、ジュンに「お疲れ」と、涙声で労われるのがつらかった。

試合のあとの全体ミーティングでも、その後レギュラーメンバーだけを集めて行われたレギュラーミーティングでも、優人は号泣する仲間の前で、1滴も涙をこぼさないようにと必死だった。

肝心なところで、最後のツメで、失敗する。優人はいつもそうだ。あの試合も、今日発覚したパンフレットのミスも。

「ミッチー、ベンチで超泣いてたよね」

「それは和樹だろ」

「なに押し付け合ってんだよ、2人ともボロ泣きだったろ。まぁ、おれもだけど」

ジュンもミッチーも和樹も、懐かしそうに笑っている。あの悔しかった記憶を笑い飛ばせる今なら、優人も本当の気持ちを伝えられる気がした。

「あのさ……ごめん」

最初の一言を切り出したら、あとは流れるように言葉があふれた。

「あの時、シュート外して。オレ、自分のせいで負けたから、泣く資格なんてないと思って、だから絶対泣かないようにしてたんだけど、本当は……オレも、すっげー悔しかった」

優人が一気に言うと、3人はぽかんとして優人を見た。一斉に黙ったので、他の席から聞こえるざわめきがよく聞こえる。

もしかして、今言うべきことじゃなかったのか？

優人の困惑を、ミッチーの笑い声が吹き飛ばした。

「優人、お前、何言ってんの！」

「何って？」

「いや、だって、そんな神妙な顔で衝撃の告白みたいに言うから、何のことかと思ったけどさ……そんなん知ってたし」

「は？」

今度は、あぜんとするのは優人のほうだった。ジュンと和樹を見ると、2人ともニヤニヤして話し出した。

「おれはレギュラーミーティングの時からわかってたよ？　ゴッドの話聞きながら、上見たり、右見たり、咳払いしたりしてたから、あーこいつ泣きそうなんだなって」

したり顔のジュン。

「俺はミーティングのあとに顔見た時かな。俺とミッチー、レギュラーミーティングが終わるまで、部室の外で待ってただろ。で、ミーティング終わって部室から出てきた優人と目が合った時に、あ、こいつ泣きそうだなって」

親が我が子を見守るかのような、温かい表情を浮かべる和樹。

「おいおい、お前ら、遅いって！　オレは試合が終わって、ベンチに来る優人の顔見た瞬間からわかってたぞ。『泣きそう』っていうか、明らかに泣いてたし。バレバレだっつーの」

ミッチーも加わり、なぜか「泣き顔を見た論争」が繰り広げられている。

確かに――試合の直後は動揺を抑えきれていなかったかもしれないし、レギュラーミーティングでは特に感情が高ぶっていたのは確かだ。先に帰ったと思っていた和樹とミッチーが、部室の外で優人とジュンを待っていた時も、グッとこみ上げるものがあったが――顔に出したつもりはなかった。当時から優人は「ポーカーフェイス」と周りに言われることが多かったから、隠し通せたつもりだった。

「オレ……そんなにわかりやすいか？」

「え、自分で気づいてないの？」

ジュンの即答が、3人の総意らしい。打ち明け話をするつもりだったのに、意外な事実を知らされたのは優人のほうだった。

「だって、オレ……あんまりそんな風に言われたことなかったから」

「まぁ、俺らは、付き合いが長いからかもしれないけどな。優人は、自分で思ってるよりはわかりやすいと思うよ」

和樹が補足し、ミッチーが「そうそう」とうなずく。

「優人はさ、ババ抜き大会しても、ババ引いた瞬間に顔に出るからすぐ負けるし。妙にそわそわしてるからおかしいなーと思ってこっそり尾行したら、隣のクラスの女子から告白されてるし。大学受験も、顔見りゃ合否の結果わかったもんな。あ、顔が暗い、これは落ちたな！　って」

「……その割に、直球で『結果どうだった？』って聞いてきたよな」

「そりゃ、本人の口から聞いたあとじゃなきゃ、こっちからは何もできないからさ」

ミッチーはそう言って、力強く笑った。

第1志望だった国立大学の結果発表の翌日、優人はミッチーに引きずられるようにしてカラオケに連れ出された。優人にしてみれば、まだ不合格のショックが抜けきらず1人になりたかったのだが……ジュンのやたらとうまいラブソングを聞かされ、和樹にタンバリンを押しつけられ、やけくそになってマイクを握った。カラオケを出た時には、悔しいことにすっきりした気分だった。

「だから気をつけろよ、優人。自分では隠してるつもりの本音も、実はバレバレかもしんねーぞ？」

「何も隠してねぇよ」

ミッチーに言い返しながら、優人はひやりとした。

今日の取引先からの電話で、「声に誠意が感じられない」と言われたのは、心の片隅にひっそりと隠れていた気持ち——「そっちだってチェックしたはずなのに、見落としたんだろ」という言い訳が、声に表れてしまったからではないか？

どうやら優人は、自覚している以上に「わかりやすい」らしい。仕事中は特に気をつけないと……と、優人は自分に言い聞かせる。

けれど、この仲間たちは別だ。自分でも気づいていない心の内を知られても、嫌だとは思わない。

「だって、このメンツに言えないことなんかないだろ」

優人が言うと、ジュンがうなずいた。

「まぁ、あれだよな。今となっては封印したい過去も、お互いに全部知ってるしな」

「そうだよね。ジュンがパーマに失敗してアフロになりかけた話とか、ミッチーが同じ女の子に5回も失恋した話とかね」

和樹が混ぜっ返し、ミッチーが「おい！」と和樹を肘でつつきながら、ジョッキをつかむ。

「それじゃ、オレたちの封印したい過去に乾杯！」

「乾杯！」

「で、優人はどうなんだ？」

ジュンに唐突に話を振られたのは、ジュンのプロポーズに仕掛けたサプライズの話をしていた時だ。

ジュンが奈那子にプロポーズしたのは、専門学校2年の時だった。妊娠を打ち明けられた時に結婚の約束は交わしたものの、軽薄に見られがちな容姿に反してロマンチストのジュンは、「きちんとしたプロポーズをしたい」と、優人たちに協力を頼んだのだ。

段取りは簡単なものだった。優人たちは、ジュンが指定した場所——ショッピングモールの屋上に隠れて待機する。そこは、ジュンが奈那子に告白した思い出の場所だ。ジュンがデートの途中で彼女を屋上に連れてきたら、優人たちは彼女に気づかれないようにジュンに花束を渡し、プロポーズに邪魔が入らないように人払いをする、というものだ。

そして、ジュンがひざまずいて花束を渡し、奈那子が感極まった様子で花束を受け取った瞬間——優人は、音楽プレイヤーの再生ボタンを押した。

とたんに、プレイヤーにつないだスピーカーから、大音量の「結婚行進曲」が流れ出した。ジュンにも内緒のサプライズ演出だ。優人たち3人は物陰から飛び出し、ぽかんとするジュンを肩車して、「おめでとう！」「幸せになれよ！」と騒がしく祝った。奈那子は涙ぐんだ表情から一転して大爆笑し、ジュンは「お前ら！　馬鹿なのか！」と怒鳴った。でも、ジュンがミッチーの肩の上でこっそり涙を拭いていたのを、優人は知っている。

そんなジュンも、今や立派な1児の父で——もうすぐ、2児の父になる。

「あのサプライズ、マジでびっくりしたわ。奈那子も、誠に何度も話して聞かせてるよ」

そう言って笑っていたジュンに、突然、矛先を向けられたのだ。

「え？　いや、どうって？」

「遙ちゃんと、どうなんだよ。結婚とか、考えてるのか？」

グラスを傾けるジュンの、左手の薬指にはめられた指輪がまぶしい。優人は目をそらして、ビールをあおった。

「それは……考えてはいるけど」

「けど？」

優人は迷った。自分でも整理のついていない問題を——遙本人にも言えないでいる悩みを、話すべきかどうか。

けれど……親にも恋人にも言えないからこそ、今いる仲間に聞いてもらうべきなのかもしれない。優人自身も知らない優人を知っている、この仲間だからこそ。

「……結婚に、いろいろな形があるのはわかってる。けど、オレは、結婚したら遙と一緒に暮らしたいと思ってる」

「うん、いいんじゃないか」

「オレたち、遠距離恋愛を始めてもう2年になるんだけど……遙はずっと松山のサロンで働いてて、スタイリストにもなって、頑張ってる。オレもこのまま、今の会社で働きたいって思ってる。だけど一緒に暮らすことになったら、どっちかが仕事をやめないといけないだろ。オレは、その決断ができない。オレができないことを、遙にさせたくもない。だから、今はまだ、このままのほうがいいのかもしれないと思ってる」

遠距離恋愛を始めたばかりの頃は、連絡がうまく取れなかったり、お互いに会いたい時に会えないストレスを抱えて、気持ちがすれ違いそうになることもあった。今はいい意味でこの状況に慣れて、大きな問題や喧嘩もなく過ごすことができている。

遙と結婚したい、という気持ちは、優人の中にはっきりとある。しかし、結婚するためにどちらかが何かを犠牲にするよりは、今の関係を続けるほうがお互いのためなのかもしれない、とも思う。

少し前までは、「いつかは遙が東京に来るだろう」と何となく思い込んでいた。けれどそれは、遙が松山で築き上げたもの——仕事のつながりや友人関係、家族との絆から遙を引き離すことになると気づいてからは、簡単にそんな風には思えなくなった。

とはいえ、いつまで「今のままでいい」と思っていられるのか。それに、遙が優人と同じように考えているかどうかもわからない。何かが壊れてしまうことを恐れて、問題と向き合うのを先延ばしにしているだけなのかもしれない。優柔不断なのはわかっているが、自分1人の問題ではないと思うと、どうしてもためらってしまう。

「そうか。おれは遠距離じゃなかったから、そういう悩みはなかったなぁ」

首を傾げたジュンが、ミッチーに視線を移した。

「そういえば、ミッチー、彼女と遠距離恋愛って言ってなかったか？」

「え、そうなの？」

仲間ができた、と期待の眼差しを向ける優人に、ミッチーは低い声で言った。

「別れた」

「え？」

「先月、別れた。『いい部屋見つけたから、こっちで同棲しよう』って言ったら、『何で自分の都合で勝手に決めるの!?』ってキレられて、振られた」

「ああ……」

和樹がうなり、優人は黙ってミッチーにビールを勧めた。優人の懸念が杞憂ではないことが、ミッチーの体験によって証明されてしまった。

「……和樹は？　何かないの」

自分から話題をそらしたいのか、ミッチーが和樹にパスを回すが、和樹は首を横に振る。

「ないよ。悲しいくらい何もないよ。俺だって、そういう悩みを抱えてみたいよ」

「和樹は、仲良くなりやすいタイプだと思うけどな」

「仲良くはなれるんだけどさ……。『藤田君はいい人だね』って言われて、そこから全然先に進めないし、距離が縮まらないんだよ。俺の場合、心の距離感が超遠距離なの」

和樹が深いため息をつく。

「……なんかすまん……」

「優人、謝るな。謝られるほうがつらい」

どん、と重い音を鳴らしてグラスが置かれ、テーブルが揺れた。グラスを置いたのは、真顔のジュンだ。

「……ジュン？　どうした？」

ふと、優人は気づいた。

そういえば、ジュンはいつからジョッキではなくグラスを使い始めたのだろう？　グラスにはビールではなく、透明な液体が入っている。焼酎か、日本酒か。

「お前ら、そもそも基本が間違ってんだよ」

さっきまでと打って変わって、急に低くなった声。据わった目つき。

「……ジュンのスイッチが、入ったかな？」

和樹がつぶやき、ミッチーが「マジか」と顔を引きつらせる。

ジュンは酒が好きだが強くはなく、ある段階を越えると急に酔っ払う。そうなると、誰彼構わず説教をするという悪い癖が出るのだ。

「聞いてんのか、和樹ぃ」

「はいはい、聞いてます」

「ミッチーもだ！　お前らは何もわかってない」

「はい」

こうなったジュンは満足するまで収まらないのがわかっているので、和樹とミッチーは素直に返事をして、ミッチーは正座までしている。

「優人も」

「オレも？　あ、はい」

優人も慌てて背筋を伸ばす。ジュンは満足そうに腕を組んだ。

「いいか、お前ら3人とも、優人を見習え」

ん？　オレにオレを見習えって、どういうこと？

優人は、声に出そうになった疑問を飲み込んだ。途中で口を挟むと、説教の長さが2倍になる。

ジュンは優人たち3人の顔を順番に眺める。

「お前ら、愛ってものをわかってない。距離を縮めたい？　勝手に部屋を決める？　それは愛じゃなく欲望だろ？」

「えっ、どういうこと？」

ぼそっと突っ込むミッチーを、和樹が視線でたしなめる。ジュンは演説を続けた。

「愛っていうのは、相手に何かをしてもらうことじゃない。自分が相手のためにできることを考えることだ！　だから優人は、ハルコちゃんを簡単にこっちに呼んだりしないで、悩んでるんだよ！　それが愛だ！　お前ら3人はまず、優人から愛を学べ！」

だから優人はオレだし、ハルコじゃなくて遙だし。

説教モードに入ったジュンには何を言っても聞こえないので、心の中だけで訂正する。しかし優人のちょっとした表情の変化を、ジュンは見逃さなかった。

「おい、そこの優人！」

「え？　あ、オレ？」

「そうだ、そこの優人だ。おれの話をちゃんと聞いてたか」

「はい、聞いていました。優人を見習わないといけない……んですよね？」

「そうだ！　優人は、ちゃんと優人を見習え！」

ジュンのハチャメチャな演説を聞いて、優人は懸命に笑いをこらえた。向かいの和樹も、今にもふき出しそうになっている。

しかしミッチーだけは、まぶしい笑顔を浮かべて、ジュンの手を握った。

「そうか、わかった！　つまり、愛なんだな！」

「そうだ、ミッチー、愛だ！」

「そうだな、お前の言う通りだ！　愛って、２人で作るものだな！」

「……ダメだ、ミッチーも酔っ払ってる」

さっき水を飲んだおかげで冷静な和樹が、絶望的な表情でうなだれた。

ジュンはミッチーに、「奈那子は怒った顔がすごく怖い。でも怒った顔も好きだ」と、愚痴なのか惚気なのかわからない話を始めている。ミッチーはミッチーで、「愛だな、それも愛だ。間違いない」と、微妙な相槌を打っている。優人の悩みの話は、すっかりどこかに行ってしまった。

「結局、何も解決しないままグダグダになりそうだな……」

「いつものことだろ」

「そうだな」

このメンバーで集まる時はいつも、こんな風にゆるゆるとした時間が流れる。高校時代、部活帰りにコンビニの前で空が暗くなるまでだらだらとしゃべっていた時も、卒業後に一人暮らしを始めたミッチーの家に集まって朝まで飲んだ時も、実のある話なんてしなかった。あんなに長時間何を話していたのか、今となってはまったく思い出せないが、妙に居心地がよかったことは覚えている。

今だって、和樹が「グダグダ」と呼んだこの雰囲気のおかげで、優人の気持ちは少し軽くなっている。

前に遙に仕事の悩みを相談された時、「話を聞いてくれるだけで嬉しい」と言われたことがある。あの時は、うまくアドバイスできない優人をフォローしてくれたのだと思って、逆に情けなく感じていた。けれど、話を聞いてもらうだけでも本当にすっきりするのだと、今ならよくわかる。1人で悩むことが、自覚していた以上に心の重荷になっていたのかもしれない。

職場の同僚や遙には、悩みや愚痴はあまり言わないようにしている。心配をかけたくないからだ。でも、和樹とミッチーとジュン――この仲間には、気にせずに何でも話せる。

オレ以上にオレのことを知っている相手に、今さら取り繕っても仕方ないしな。

相変わらず「愛か」「愛だな」と先に進まない会話を繰り返すジュンとミッチーを見ながら、優人は笑った。

賑やかな店内から扉1枚隔てただけで、トイレはずいぶん静かだった。

洗面台で洗った手をペーパータオルで拭きながら、優人は高校2年の時の担任教師の名前を思い出そうとしていた。

さっきまで和樹たちと、「高校の時のことをどれだけ覚えているか」を競っていたのだ。3年間のクラス、出席番号、選択科目に、体育祭で出場した競技など、意外に覚えていた。それなのに、なぜかその教師の名前だけは、誰も思い出せなかった。

「あれだろ、眼鏡の」「髪が天然パーマで」「高そうな万年筆を使ってて」「何でそんなこと覚えてんのに、名前が出てこねーんだ」と言い合ったが、記憶はいっこうに戻ってこなかった。

まぁでも、思ったより覚えているものだな……と思いながら顔を上げて、鏡の中の自分と目が合った。襟のよれたワイシャツに緩んだネクタイ、ほろ酔いでやや上気した顔色は悪くないが、少し疲れた表情の自分と。

とたんに優人は、現実に引き戻された気がした。学校帰りにコンビニの前で延々と無駄話をしていた「あの頃」から、朝早くに電車に乗って会社に行かなければならない「今」に。

オフィスでは、山積みになった仕事が優人を待ち構えている。作成途中の書類。来週もかかってくるであろう苦情の電話。あちこちに頭を下げて頼むことになるだろう、印刷ミスの後始末。

落ち込みそうになる自分を叱りつける。

——自業自得だから、仕方ないだろ。

「何なん、その顔」

気がつくと、横の洗面台に和樹が立っていた。

「和樹」

「暗い顔してんな？」

和樹は昔から気の回るムードメーカーで、周りのことをよく見ている。優人はペーパータオルを丸めるふりで、顔を背けた。今の自分の気持ちを知られて、気を遣わせたくなかった。

「……ほっとけよ」

ドアの近くに置かれたゴミ箱に向かって、小さくなるまで握ったペーパータオルを投げる。水に濡れて重さを増した紙の球は、縁に当たってから、ゴミ箱の中に転がり落ちた。

ぱちぱちと、和樹が手を鳴らす。

「ナイス、3ポイントシュート！　あの時と同じだな」

「……あの時？　いや、最後の試合のシュートは外しただろ。その話、さっきしたばっかりだぞ」

自嘲気味に優人が言うと、和樹が大げさに目を見開いた。

「違う違う、高校の時じゃなくて。え、もしかして覚えてない？　ほら、公園でさ」

「公園……？　いつ？」

「大学4年の4月。2人で就活のストレス発散飲みして、俺がだいぶ酔っ払ってさ、酔いざましに公園に行ったこと、あっただろ？」

「……あぁ、あれか」

和樹の説明で、少しずつ記憶がよみがえってくる。

大学4年の春は、精神的に厳しい時期だった。「誰それが内定を獲得した」「就活をやめて、大学院進学に切り替えた」といった話が出回り始め、自分の将来と比べては不安になった。連絡がいつ来てもいいように、スマートフォンを片時も手放せなかった。新着メールが届くたびに、「選考落ちの連絡ではないか」とひどく神経質になっていた。

同じような状況だった和樹と飲みに出かけたのは、そんな時だった。

普段は無茶な飲み方をしない和樹が、その日はやたらと早いペースでグラスを空けていき、案の定あっという間に酔っ払った。1軒目の店を出たあと、いったん酔いをさまそうと適当に歩いているうちに児童公園にたどり着いて、そこで休憩した。

空気が湿った、生温い夜だった。ベンチが汚れていたので、代わりにブランコに腰かけて、しばらくぼんやりしていた。ミネラルウォーターを飲んで落ち着いた和樹は、ブランコをゆっくり揺らしながらぽつりと言った。

「落ちちゃったんだよね、最終面接。……一応、第1志望だったんだけど」

鞄から取り出したのは、高級そうな紙の封筒だった。藤田和樹様、と書かれた封筒が、波を打つようによれていた。緊張すると汗っかきになる和樹が、どれだけドキドキしながら開封したのか、目に浮かぶようだった。

「ほら、これ。不採用通知をわざわざ郵便で送って来るなよ。あーあ、期待させやがってさ！」

和樹は、封筒から取り出したペラペラの紙を優人に見せて、明らかに空元気とわかる声を張り上げた。

だから優人は、その偉そうな封筒と紙を取り上げて、くしゃくしゃに丸めて、近くにあったゴミ箱に向かって投げた。

バスケットボールを扱うように両手で、とびきりのコントロールを利かせて。

入れ、今度こそ入れ！

上質で重みのある紙の玉は、大きくカーブを描いて飛んでいき、枠に当たって一瞬止まってから、ゴミ箱の内側に落ちた。和樹は少し呆然としてから、「ナイス、3ポイントシュート……ってことにしといてやる」と笑った。

そうだ。そんなこともあった。

「あの時さ、優人カッコイイなって、ちょっと感動した」

和樹は、まぶしそうな表情で優人を見た。

「……どこがだよ。格好よくはないだろ。ゴミをゴミ箱に捨てただけ」

「いや、その言い方がすでにカッコイイわ。イケメンかよ」

「だから違うって」

あの時の優人は、和樹を元気づけようとか励まそうとか、そういう気持ちで行動したわけではなかった。落ち込む和樹が自分自身のように見えて、思わず体が動いただけ——要は、自分のためだ。いつも周りをよく見ていて、人のために動く和樹とは違う。だから褒められると、逆に決まり悪く感じてしまう。

「……この話、実は続きがあってさ」

言いながら、和樹は洗面台に寄りかかった。

「続き?」

「そ。……あの時、俺、就活やめようかと思ってたんだ」

「……マジ?」

「うん、マジ」

さらりとした言い方が、嘘でも冗談でもないことをはっきりと伝えていた。

「やめて……どうするつもりだったんだ？」

「うーん、実は、あとのことは何にも考えてなかったんだ。今なら、あの時の自分を叱ってやりたいけどさ、当時はとにかく就活がつらくて、逃げ出したかった。最終まで残った第1志望も、結局落ちたし」

「……うん」

「別の会社の面接でも、面接官が感じ悪くてさ。圧迫面接っていうの？『そんな甘い考えは通用しない』『学生時代に何を学んだのか、何も伝わってこない』とか、意地悪いことばっかり言われて、もう気持ちがボロボロでさ」

「……わかるよ。あれ、しんどいよな」

面接官が受験者にわざとストレスを与える圧迫面接は、優人も経験した。面接官からすれば「いざという時に出る人間性を見る」という意図なのだろうが、他人の人生や人格を否定するような発言は、不愉快以外の何物でもなかった。気遣い屋で人の感情に敏感な和樹は、優人以上にストレスを感じたことだろう。

「優人もやっぱりしんどかったか。……俺、あの日は完全に心が折れててさ。次の日に入れてた他の会社の面接、サボるつもりだった。俺なんかどうせ受かるわけねーし、って思ってて。でも……あの時、優人がゴミ箱にシュート決めたから、気持ちが変わったんだ」

「……あのシュートで？」

「そう。言っとくけど、高校の時の試合に負けたのがお前のせいだなんて、誰も思ってねーよ。負けて泣くくらい頑張れたのって、あれが初めてだった。だから、負けて悔しかったけど、後悔はなかった。それに、優人が最後まであきらめないでシュート打ったの、カッコよかったよ」

優人はとっさに返事ができず、ただ和樹を見つめ返した。和樹は少し照れくさそうに話し続ける。

「それで今度は、高校の最後の試合で外したシュート、お前が取り返して見せただろ。それ見たら、俺も、もうちょっと頑張れるって思えたんだ。それで次の日の面接に行ったら、受かった。それが、今の会社。だから、今の俺があるのは、優人のあのシュートが入ったおかげってこと」

「……そんなの、偶然だろ。受かったのは和樹の実力」

ようやく絞り出した言葉は、謙遜でも照れ隠しでもなく、本音だった。

和樹は確かに、勉強やスポーツができるというタイプではない。けれど、人の気持ちを察したり、その時に必要とされているものを見極めることができる。バスケ部ではずっとベンチメンバーだったが、マネージャーのような仕事も率先してやっていて、部員からも顧問からも信頼されていた。

就職活動では、自己アピールの強さや個性的な経歴が注目されがちだ。だから、和樹の良さがなかなか伝わらなかった。それをやっと見抜く会社が現れたというだけのことだ。優人は何もしていない。

「でも、面接受ける気になったのは優人のシュートのおかげだよ。面接受けなきゃ、内定も出なかった」

「それだって、面接受けるのを決めたのは和樹自身だろ。それに、今の会社が和樹を必要としたからこそ、内定が出たんだ」

「同じ言葉、そっくり返すよ。優人だって、今の職場に必要とされてる。絶対に」

和樹はきっぱりと言った。

「優人、彼女のこと以外にも何か悩んでるだろ？　よくわかんねーけど、自信持てよ。俺みたいに、優人の知らないところで実は優人に助けられてる奴、いっぱいいるから」

少しの間、沈黙が生まれた。

和樹の言葉を疑って黙ったわけではない。まっすぐな賛辞が照れくさくて、素直に受け取るのに少し時間がかかっただけだ。

「……サンキュ」

ようやく一言を返した瞬間、優人は顔に水滴を浴びせられた。

いつの間にか両手を濡らしていた和樹が、ニヤッと笑う。

「ちょ、おい！」

「えいえいえい」

追撃が来て、顔だけでなく、ネクタイやシャツにも水が飛ぶ。

「やめろって、お前、小学生かよ」

優人も手を濡らしてやり返した。部活の走り込みのあと、こうやって水道の前でふざけては顧問の神にどやされたものだ。思えば高校生の時も、小学生みたいなことをしていた。

ふざけあいが白熱しかけたところで、他の客が入ってきて、2人とも我に返った。

「……そろそろ、席、戻るか」

「そうだな」

濡れた手を拭き、連れ立ってトイレを出る。前を行く和樹は、すっかりスーツ姿が板についている。

自分も、そんな風に見えているだろうか。

もし、あの夜の優人の勝手な行動が、結果的にでも和樹の背中を押す手助けになったのだとしたら、優人も自分のことを褒めてやりたいと思った。


優人と和樹が席に戻ると、ちょうどラストオーダーの時間だった。ジュンの酔いもさめたようで、説教モードは鳴りを潜めている。

時刻はまだ23時で、今日は金曜日だ。誰が言い出すまでもなく、2軒目に行くことになった。

和樹が店員を呼び、伝票を受け取る。

「あ、このお店、ちょうど10周年だって」

「そうなのか?」

財布を取り出して、優人も和樹の手元をのぞき込んだ。

伝票が挟まれている小さなクリップボードには、手書きのポップがついている。「おかげさまで10周年、感謝の気持ちをこめてお会計10パーセントオフ!」と、カラフルな文字が踊っていた。

「本当だ。10周年だから、お会計10パーセントオフだってさ」

「よっしゃ！」

文字通り飛び上がりそうになったミッチーを、ジュンがうるさいと小突きながら言う。

「てか、10周年って、俺らもそろそろじゃね？」

「え？　そう？　えっと、知り合ったのが高校1年だから……」

斜め上を見て暗算していたらしい和樹が、嬉しそうな顔になる。

「ほんとだ。来年で俺ら、出会って10周年だよ」

「あっという間だなぁ」

「いや、ミッチー、そうでもないぞ。寝返りも打てないような赤ん坊も、10年経ったら、もう初恋をする年齢だぞ」

「え、ジュンの初恋って10歳だったの？　オレは幼稚園の時だったけど。えー、そんなオクテなお前に、『愛』について語られたのかよ！」

ミッチーが騒ぎ、ジュンが「だったら何だよ」と言い返す。

「……10年か」

改めて言葉にすると、ずっしりとした重みが感じられた。

10年前——高校生の時から、優人はすでに東京に憧れを持っていた。実家の材木店を経営する父には言い出せずにいたが、「自分はいつか東京で働きたい」と思っていた。

でもそれは、どこか漠然とした、夢のようなものだった。10年後の自分が本当に東京で就職して、居酒屋で仲間たちとビールを飲んでいるなんて、あの時の自分に言っても信じないかもしれない。

それを思うと、10年という年月はやはり長い。でも一方で、就職して上京してから今日までの2年間はあっという間だった。このペースなら、次の10年が過ぎるのもすぐだろう。

「オレら、10年後はどうなってんだろうな」

優人のつぶやきに、和樹が軽く首を傾げた。

「10年後だと、34歳？　うちの課長と同じ歳か」

「え、和樹の会社、上司若くね⁉」

「ミッチー、うるせーって」

「じゃあ10年経ったら和樹も課長？　じゃ、オレはそれまでに社長になるわ！　親父追い出して、会社継ぐ！」

興奮したミッチーがまくしたてる隣で、ジュンが肩をすくめた。

「本気かよ。ってか34歳って……腹とか出始めんのかな。うちの家系的に、髪は心配ないと思うんだけど」

「ジュンさ、真っ先に心配するのがそこ？　気持ちはわかるけどさ」

「おい和樹、そういうお前は、もう腹が出てるんじゃねーの？」

「あ、ちょ、馬鹿、つかむな！」

わき腹をつつかれた和樹が、体をひねって逃げ、優人に笑いかけた。

「優人は？」

「え？」

「10年後だよ。何してたい？」

「オレは」

34歳の自分は、何をしているのか。どうなっていたいのか。

仕事では、もっと大きなプロジェクトを担当してみたい。できれば海外の案件にも関わってみたい。その頃にはきっと後輩ができているはずだから、頼られる先輩になっていたい。自分を助けてくれる先輩たちのように。

プライベートでは、遥と結婚して一緒に住んでいたい。子どもを授かったら、なお嬉しい。

それから……。

「またこうやって、4人で飲んでたいな」

何となく集まって、どうでもいいことをしゃべって、笑って、ふざけて。

10年後も——そんな風に、ゆるくつながっていたい。

「……じゃ、10年後もこの店で集合して、飲もうぜ」

そういって、和樹が残り少ないジョッキに手を伸ばす。ミッチーも、ジュンも、優人も。

「乾杯！」


店を出ると、通りは行き交う人々で混み合っていた。足早に駅に向かう人々と、軽い足取りで繁華街に向かう人々の波がぶつかり合う。

暗い顔でせかせかと歩くサラリーマンが目の前を横切って、優人は思わず立ち止まった。まるで2時間前の、オフィスを出たばかりの自分を見ているようだった。

苛立ちと自己嫌悪で頭がいっぱい。誰かと話すのも面倒で、放っておいてほしかった。自分の関わる何もかもが、悪い方向に転がっていくような気がしていた。

「おーい、優人？」

「優人、こっちだぞ」

「どうした、優人」

数歩先に歩き出していた和樹たちが振り返り、優人を呼ぶ。

昔からいつもそうだ。

最後の最後でミスをして負けた試合のあと。必死の受験勉強も空しく、第1志望の大学の不合格通知を受け取った憂鬱な放課後。思い通りに進まない就職活動の真っ最中。

落ち込んで、悔しくて、1人になりたい時に限って、あいつらがそばにいる。

少年マンガみたいに拳で語り合ったりしないし、ドラマみたいに劇的な事件も起こらないし、青春映画みたいな格好いい言葉が飛び出すわけでもない。

ただ、笑って、しゃべって、飯を食う。時々飲んで、馬鹿話をする。不器用な自分を、そのままさらけ出す。

そうやって、今の自分の立ち位置や、これまで進んできた道を確かめて、また走り出す。

前に進めるのは、戻れる場所があるからだ。ずっと変わらない、大切な時間と場所が。

「……よし、まだまだ飲むか！」

優人は自分を待つ仲間たちのほうへ駆け出す。
荒っぽく肩を組んで、声を上げて笑った。

第6章

夫婦を想う

何度も別れそうに　なった二人
そのたびに　乗り越えてきた
どんなことでも　知ってる二人
好きなお花　苦手な片付け

集中すると　周りが見えない自分と
しっかりしてるのに　天然の彼女
二人でなんとか　一人前

暮らし始めて　やっと気づいた
いろんなことが　違うこと
可愛かったことが　嫌なことになり
時になぜか　すれ違い

ぜんぶがぜんぶ　全然違うから
いいところも　悪いところも
そうだからこそ　二人で歩む
この毎日が　楽しいんだな

ゆっくり行こう
嗚呼

川の水面を渡って、涼しい風が吹きつける。

昼間は上着が邪魔になるほど暖かかったが、日が落ち始めたとたんに、10月らしい秋の気配が強くなった。

川沿いの遊歩道を歩きながら、二宮遙は隣を歩く村上優人を見上げた。

「夕方になると、結構涼しいね」

「うん」

「やっぱり、あのレストラン、美味しかったね」

「うん」

「キヌアとグレープフルーツのサラダだっけ？　あれ、好きだな。でも、家じゃ絶対作れないよね」

「うん」

「優人？」

「うん」

優人の目線はまっすぐ前を向いていて、返事もはっきりしているのに、会話がかみ合わない。

付き合い始めた頃なら不安になったかもしれないけれど、今の遙は、「ああ、いっぱいいっぱいなんだな」と思いながら、見守ることができる。

もう5年かぁ。

優人と付き合い始めて5年、東京と松山の遠距離恋愛が始まって2年半。最初は、会いに行く頻度や連絡のすれ違いで、イライラしたり、寂しい思いをすることも多かった。別れ話が頭をよぎった日もあった。今は、そういう気持ちに折り合いをつけることにも慣れて、穏やかに遠距離恋愛を続けている。

今日は、遙の勤める美容院の定休日だ。昨日有給休暇を取って連休にして、東京に来た。明日は朝から仕事なので、18時より前には東京を出なければいけない。だから、夕飯には少し早い時間に、優人が予約してくれたダイニングカフェで食事をした。

楽しい時間はあっという間に過ぎて、これから駅に向かう。そうしたらまた、離れ離れ。

大丈夫。別れた直後は寂しさですうすうする胸も、松山に着く頃にはいつもの落ち着きを取り戻す。少しだけ、どうしたって埋まらないすき間が残るのは、もうどうしようもない。2人で選んだことだから。

「ねぇ」

優人の声が、後ろから聞こえた。

遙が立ち止まって振り返ると、少し離れた場所に優人が立っていた。

「ん?」

夜に染まり始めた薄青い空を背負って、優人がじっと遙を見つめている。

凛々しい眉の下、くるっとした瞳が震えるように揺れるのも、何か言いたげに唇を開きかけては閉じるのも、優人が緊張している時の癖。そんなことも全部わかってしまうくらい、ずっと優人を見てきた。

だから遙は、ちゃんと気づいていた。

昨日会った時から、優人が何となくそわそわしていたこと。今日は、何かと左のポケットを触って確かめていたこと。カフェに向かううちにどんどん緊張が高まって、食事のあとのデザートのあたりでピークに達していたこと。

だから、会話が途切れるたびに、話しかけるのをぐっと我慢してわざと沈黙を作ってみたり、アイスクリームが溶けるぎりぎりまでゆっくりとデザートプレートを楽しんでみたりした。

きっかけを作るために、遙なりにサポートしたつもりだ。

けれど、ここぞというタイミングで、店員がオーダーを取りに来たり、近くの席でサプライズの誕生日祝いが始まって賑やかになったり……そんなことが続いて、結局、何事もなくカフェを出てきてしまった。

この道をまっすぐ進んで駅に着いたら、今日のデートはおしまい。

ねぇ、わたし、帰っちゃうよ。そうしたら、また1ヵ月は会えないんだよ。

メッセージはいつでも送れるし、ビデオ通話で顔も見られる、声も聞ける。でも……。

黙ったままの優人に、遙は笑いかけた。

「はよ言わんと、わたしが先に言っちゃうよ？　……あの時みたいに」

友人を介して知り合い、2人で会うようになって3回目のデートで、お互いにもどかしく思っていた距離を飛び越えたのは遙のほうだ。今でも優人が、「オレだってあの日、告白しようって決めてたんだよ」と決まり悪げに振り返る、2人の記念日。

電話でも、メッセージでもなく、直接伝えたい。優人もそうでしょう？

優人が一度しっかりと瞬きをして、左手をポケットに入れた。カフェで何度も伸ばしかけては、タイミングが合わなくてこっそりと引っ込められていた手が、ようやくポケットの中身を取り出した。

手のひらに載る、小さな赤い箱。

静かに開かれたその中で、ほっそりとした指輪がささやかに光っている。

「……僕と、結婚してください」

この一言のために、せっかくお洒落なダイニングカフェを予約していただろうに、結局は道端でのプロポーズ。

薄暗い夕方に、こんなに離れたところからじゃ、選んでくれた指輪もよく見えない。

遙を喜ばせようと、一生懸命段取りを整えてくれたのに、最後の最後でうっかりしていて、だけどいつでもまっすぐ、遙を見つめてくれる。

「……はい」

そんな不器用なあなたが、大好きだよ。


優人にプロポーズされて1番嬉しかったのは、「もう優人にお別れを言わなくていい」ことだった。

気持ちのコントロールには慣れても、別れ際の寂しさを感じない時はなかった。でもこれからは、ずっと一緒にいられる。そう思うと、心は嬉しさと安心でいっぱいになった。

大好きな人と、毎日顔を合わせて暮らせる。何て幸せなことなんだろう！　その喜びで、故郷を離れる不安も乗り越えられた。美容師としてキャリアを積み自信をつけたことで、仕事をどうするかということも、じっくり考えて結論を出すことができた。

プロポーズの約半年後、結婚式が終わってから、2人で東京の新しいマンションに引っ越した。優人は会社から近いところがいいと言い、遙は水回りが綺麗でベランダが広い部屋に住みたかった。2人の希望を満たす新築のマンションが見つかった時は、小さくハイタッチして喜んだ。

そうして、新生活は順調に始まった。

朝になると、大きな窓から明るい朝日が差し込む寝室。朝に弱い遙を、先に起きた優人が起こしに来てくれる。ベランダに飾った観葉植物に水をやりながら、ふと顔を上げると、こちらを見つめる優人と目が合って、お互いに照れ笑い。一緒に選んで組み立てた家具やインテリアが並ぶリビングダイニングで、「いってらっしゃい」のハグをして、先に家を出る優人を見送る。

夜、家に帰ると、優人が「お帰り」と言ってくれるから、遙は「ただいま」と「お帰り」を返す。優人も笑って「ただいま」と答える。同じ家で、「ただいま」と「お帰り」が言える幸せ。

本当に世界一幸せな気分だった――のに。

どこかで低い音が鳴っている。電動泡立て器をボウルの内側に当てた時に似ている、小刻みに震えるような音。

ダイニングテーブルの上で、スマートフォンが電話の着信を告げている。

遙は、膝を抱えていたソファから立ち上がり、スマートフォンを手に取った。着信画面に表示されている名前は、「藍」。

今日は、藍と会う約束をしている。火曜日の今日は、遙が勤めているサロンの定休日で、藍も休みを取ったと言っていた。でも、まだ約束の時間には早すぎる。

「……もしもし」

「あ、もしもし、お姉ちゃん？」

藍の弾むような声が、耳に飛び込んでくる。

「もー、メッセージ送ったのに全然既読がつかないから、電話しちゃった。まだ寝てた？」

「ううん、起きてたよ……。どうしたの？　約束は10時でしょ？」

リビングの壁かけ時計が示す時間は、まだ8時だ。

「そうなんだけど、ちょっと予定が変わって。今から会えない？」

「え、今から？」

「ほら、あたし、午後から友達に会うって言ってたでしょ？　その子が夕方から仕事になったから早めに会いたいって言われて、だから、12時には出なきゃいけなくなって。だから、ね、お願い」

「でも、今からって……」

「だって優人さん、もう会社行ったでしょ？」

「そうだけど……」

優人は、30分以上も前に家を出た。

「ていうかね」

間延びしたドアチャイムの音が聞こえた。電話の向こうと、壁に設置されたドアモニターの両方から。

遥は慌てて立ち上がり、ドアモニターを見る。

カメラの向こうで手を振っている、藍の姿。オレンジ色のメッシュを入れた黒髪を揺らして、にっこりと笑っている。

「来ちゃった」

「来ちゃったって……」

「だって、来る途中で返信あると思ったのに、全然既読がつかないから、着いちゃった。ね、入れて、お姉ちゃん」

「……はいはい。いいけど、散らかってるから文句言わないでよ」

遙は昔から、藍の甘えた声に弱い。あとでたっぷり小言を聞かせると決めて、遙はマンションの共用玄関のロックを解除した。

間もなく、部屋のドアチャイムが鳴った。ドアを開けると、藍が悪気のない笑顔で立っている。その後ろに見える空は灰色の雲に覆われていて、6月にしては涼しい風が吹き込んできた。

「ありがと、お姉ちゃん」

「どういたしまして。ほら、スリッパ履いて」

「はぁい。あ、これお土産」

渡されたのは小さな白い紙袋で、手のひらくらいのサイズの缶が2つ入っている。片方を取り出してラベルを見ると、凝った飾り文字で「TEA」と書かれていた。

「これ、紅茶？」

「そ、先輩に教えてもらった。イギリスの有名なブランドなんだけど、日本には初出店で、銀座でしか買えないんだって」

「へぇ……お洒落やね」

「優人さんも甘いもの好きでしょ？　一緒に飲んでよ」

「……うん」

楽しそうにしゃべり続けながら、藍はすたすたとリビングに向かっていく。何度か遊びに来たことがあるので、家の間取りも、どこに何があるのかも、だいたい知っている。

だからこそ、だろう。リビングに踏み込んで、ぴたりと藍の足が止まった。

後ろから付いていった遙は、藍の横をすり抜けて、床に落ちていた靴下の片割れを拾った。

「……だから、言ったでしょ。散らかってるって」

ダイニングテーブルの上には、乾いた卵の黄身がこびりついた皿や、まだ中身の入っているコップが置きっぱなしになっている。床に落ちているのは男物のパジャマと靴下の片方――もう片方はさっき遙が拾ったばかりだ。キッチンの横に置かれている観葉植物は、腰の高さまで生長してどっしりとしているが、不自然に傾き、細かい土の粒が周りに散らばっている。シンクには、割れたマグカップ。

藍が突然遊びにくるのは初めてではないが、ここまで散らかった室内を見せたことはない。

「……お姉ちゃん」

振り返った藍は、もう笑っていなかった。

「正直に言って。もしかして、ＤＶ？」

「もう、変な勘違いしないでよ」

藍の手土産の紅茶の葉をティーポットに入れながら、遥はため息をついた。

開けたばかりの紅茶の缶からは、スモーキーな良い香りがする。藍の同僚や先輩には流行に敏感な情報通の人が多いのだと、前に話していた。

ソファに座った藍が、「だって」とすねた声を上げた。

「あんなの見たら、誰だってそう思うよ」

「大げさだって。ちょっとだけ朝の片づけが遅れてて、食器下げる時にうっかり観葉植物にぶつかって倒しちゃって、それでびっくりしてマグカップ落として割っちゃっただけ」

「あんなところに観葉植物なんか置くからだよ。前も言ったけど、邪魔じゃない？」

「……だって、ベランダに置けなかったんだもん」

「お姉ちゃん、こっちきてから急にハマり出したもんね、観葉植物」

去年の秋に優人にプロポーズされ、5月の挙式に合わせて東京に引っ越してきて1ヵ月になる。新居に置く家具やインテリアを見て回っているうちに、遥は観葉植物に夢中になった。松山の実家の庭の緑が恋しい、という気持ちもある。

「でもね、お姉ちゃん、いくらなんでも、買いすぎ。ベランダに置けないくらい大量に買い込むって、何なの？　何のためにベランダのサイズ計ったの？　天然なの？」

「もう、それ以上言わないでよ……」

藍の前に紅茶のカップを置いて、遥も隣に座った。

リビングから見えるベランダは、洗濯物を干すスペースを残して植物に占拠され、ポトスにピレア、アジアンタムなどの鉢が所狭しと並んでいる。ベランダに入りきらなかった鉢たちの居場所は、室内の日の当たる場所だ。キッチンの横にあるフィカス・ベンガレンシスの大きな鉢も、その1つ。藍に手伝ってもらって、今は無事に正しい位置に収まっている。

「とにかく、藍も一人暮らししてるんだから、わかるでしょ。ちょっとぼんやりしちゃったり、何となくやる気が起きなくて家事が後回しになっちゃったりすること、あるでしょ？」

「それはあるけどさぁ。で、優人さんと喧嘩でもした？」

「え？」

声を上げた拍子に膝がローテーブルにあたり、紅茶がこぼれそうになる。藍が慌ててカップを持ち上げた。

「危な！　大丈夫？」

「うん、ごめん……」

藍はソファの背にもたれて、遙の顔をじっと見た。

「さっき顔見た時から、今日は何か変だなーって思ってた。鼻の頭、赤いし」

「鼻？」

「お姉ちゃん、泣く直前に鼻の頭が赤くなるの。気づいてなかった？」

遙は、カップを持つのと逆の手で鼻を押さえた。

「泣いてない」

「だから、泣く直前って言った」

「……屁理屈、言わないでよ」

「誤魔化さないで。何かあったなら、話してよ。お母さんも言ってたでしょ。せっかく2人とも東京にいるんだから、困った時は助け合うのよって」

藍の目から逃げるように、遙はうつむいた。

「……大したことじゃないの。多分、わたしがわがままなだけ」

「いいから言って」

「……喧嘩っていうか……何でかなって」

散らかったリビングを見渡す。

優人が片づけないまま出ていった食器。優人が脱ぎっぱなしにしたパジャマに靴下。優人が、「ここに置くと邪魔じゃない?」と嫌がったフィカス・ベンガレンシスの鉢。優人の言う通り、その鉢にぶつかったせいで割れたマグカップ。

好きな人の名前を、どうしてこんなに嫌な気持ちで呼んでしまうんだろう。

「一緒にいられるだけで幸せだったはずなのに。何でこんな気持ちになっちゃうんだろう」


共働きだから、「自分のことは自分でする」と、2人で暮らし始めた時に約束した。

洗濯機は一緒に回すけれど、洗濯物を分けて籠に入れるところまでは各自の作業。食事も、余裕があれば相手の分まで用意することもあるけれど、無理して自炊にはこだわらない。ただし朝食だけは、家を出るのが早い優人が遥の分まで作ってくれるようになった。「1人分も2人分も同じだから」と。

東京に引っ越してきてから1ヵ月間、そうやって生活した。だから昨日の夜、遥がコンビニで自分の夕飯を買って帰宅した時に、優人が先に食事を済ませていたことは構わなかった。疲れた様子でソファでうたた寝しているのも、見慣れた姿だった。

遥をがっかりさせたのは、キッチンに放置されたコンビニ弁当のゴミと、空になったビールの缶だ。またこれか……。

遥はため息を飲み込んで、弁当のゴミを分別し、ゴミ袋に放り込んだ。空き缶の中を軽くすすぐ。缶と瓶の回収日は土曜日だ。

優人も仕事で疲れているんだから、と自分に言い聞かせても、缶を置く手つきはつい荒くなってしまう。

何でこんな簡単なことができないのかな、しかも毎回毎回。わたしだって、仕事してきたのに。どうして自分の食事の前に、他人(ひと)のゴミの片付けしてるんだろう。

そう思った自分にドキリとする。「他人(ひと)」？　優人は自分の夫で、家族だ。それなのに「他人」だと、一瞬でも思ってしまった。

「遥？」

ソファからごそごそと音が聞こえて、優人が起き上がるのが見えた。

「お帰り」

「……ただいま」

「これから飯？」

「うん。優人は、もう食べたんだね」

どうしてわかったのかって、聞かないの？　そうしたら、「だって、ここにゴミがほったらかしになってるから」って、言えるのに。

そんなことを考える自分が嫌になる。遙の内心にまったく気づかず、素直に「うん」とうなずく優人のことも。

「……手、洗ってくるね」

遙は夕飯のパスタサラダをダイニングテーブルに置いて、洗面所に向かった。

洗面所の明かりをつけて、またため息。

鏡に転々と飛んだ水滴、排水溝周りに落ちている髪の毛。

だから――水滴はすぐに拭き取らないと跡になるし、髪の毛は拾ってゴミ箱に入れないと排水溝に詰まるからちゃんと掃除してねって、前にも言ったのに。優人だって何年も一人暮らししていたはずなのに、どうして気にならないの？　前に注意した時に「わかった」って言っていたのに、もう忘れちゃった？　それとも、そもそも話を聞いていなかった？

駄目だ、いつもよりイライラしている。遙は冷たい水で手を洗って、気分を切り替えた。

リビングに戻ると、優人がテーブルの向かいの席に座っていた。手元には、コンビニのプリンのカップ。遥の席にも、同じものが置かれている。

「これ、新発売の？」

席に着きながら遥が尋ねると、優人は嬉しそうにうなずいた。優人のコンビニスイーツ好きは相変わらずで、新作が出るとすぐに買ってくる。

「うん。一緒に食べようと思って」

優人の笑顔に、悪気はまったくない。ないのはわかっているけれど……。

わたしはまだ、夕飯も食べてないんだよ？

喉まで出かかった言葉をぐっと飲み込んだ。

「今は大丈夫、ありがと。明日の朝もらうね」

「……わかった」

プリンを冷蔵庫に入れて戻ると、優人はノートパソコンを開いて仕事を始めていた。話しかけるのも気がひけて、黙ってパスタサラダを一口食べると、少しだけ気持ちが落ち着いた。11時に昼休憩をしてから、約半日ぶりの食事なのだ。遥が今勤めているヘアサロンはかなりの人気店で、なかなか休憩が取れないくらい忙しい。

黙々と食事を続けていると、優人に話しかけられた。

「遙、今朝、間に合った？」

「うん、大丈夫だった。わざわざありがとうね」

今朝はいつもと家を出る順番が逆で、遙が先だった。優人はクライアントの会社に直行するため、いつもより出勤時間が遅く、遙は開店前に臨時のミーティングの予定があったからだ。

ばたばたと飛び出すように家を出て、最寄り駅の改札前に着いた時に、スマートフォンが鞄に入っていないことに気がついた。サロンまでの定期券はスマートフォンのケースの中で、駅の自動券売機の前にはこんな時に限って長蛇の列。どうしよう、と背筋が冷えたところで、

「遙！」と呼ぶ優人の声が聞こえた時は、優人がヒーローに見えた。

優人が気づいて追いかけてくれていなかったら、遅刻してしまうところだった。だから本当に助かったし、嬉しかったのだけれど。

「でもね、その話で陣内さんにまたイジられちゃって」

「陣内さん？」

「前に話したと思うけど……。今のお店のスタイリストさん。お洒落な40歳くらいの男の人で、よく面倒見てくれてる人。ほら、ヒゲの人」

「ああ、うん、陣内さん」

優人は曖昧な顔でうなずいた。思い出せないけれど、わかったふりをしている時の顔だ。陣内のことは、これまでにも何度か話したことがあるのに。

「……悪い人じゃないんだけど、一言余計っていうか、悪ノリするっていうか。今日も、『地下鉄乗ったことないの？　もしかして、地元はまだ飛脚とか走ってる？』って言われて……リアクションに困っちゃった」

陣内に悪気がないのはわかっている。今の美容室に入ったばかりの頃、緊張して萎縮していた遙に積極的に話しかけ、店の細かい決まりなどを教えてくれたのが陣内だった。「地方で数年のスタイリスト経験しかない自分が、流行の先端である東京でやっていけるのか」という遙の不安を、「今どき、東京も地方も関係ないって」と笑い飛ばしてくれた。

その気遣いは嬉しかったのだが、そんなことを言った割には、陣内は遙を「地方ネタ」でイジってくる。

「冗談なのはわかってるけど、何回もそういうこと言われると、さすがにちょっとイラッとする」

「そんなのにいちいちイライラしても、仕方ないだろ。そういう人なら、こっちが慣れるしかないんじゃない？」

優人の声は冷静で、ばっさり切り捨てられたような気持ちになる。

「そうだけど」

「それか、はっきり言えば？『そういう冗談は馬鹿にされている感じがして、不快です』って」

「そんなの言えないよ。先輩だし、いろいろ教えてくれてるし」

「それなら流すしかないって。オレだって、お客さんに癖の強い人なんてたくさんいるけど、いちいち相手してたらキリないよ」

嫌だとはっきり伝えるか、それができないなら受け流す——優人の言う方法が、賢いやり方なのかもしれない。優人が遙のためを思って、明確な回答を出してくれたこともわかっている。

でも遙は、答えが欲しいわけではなかった。

「正解」を示されたところで、気持ちが楽になるわけではない。それより、「オレもそういうことあったよ、嫌だよな」と、同じ気持ちを分け合ってほしかった。それだけで、モヤモヤする気持ちもきっと消化できるのに。

本当は他にも、優人に聞いてほしいことはあるのだ。今の店でスタイリストとして働き始めて1ヵ月経つが、なかなか指名客をつかめないこと。アシスタントの数が足りないので、他のスタイリストのアシスタント業務を頼まれることがたびたびあること。その回数がほかのスタッフよりも多いような気がして、やっぱり自分の技術が未熟なのではないかと不安を感じていること。

前に一度だけ、優人に軽く相談してみたことがある。「今のお店では一応スタイリストとして採用されているのに、アシスタントの仕事もしなきゃいけなくて」——けれど、その先を続けるのをためらってしまった。「わたしが下手だからかな」と、認めたくない推測を言葉にするのに、少しの時間と勇気が必要だった。

そのわずかな間に、優人はさらりとした口調で、「そういう方針の店なんじゃない？ そのうち慣れるよ」と言った。優人なりに励まそうとしてくれたのだろう、わかっているけれど、遙はもうその先を続けることができなくて、「そうだね」としか言えなかった。

今感じているのも、その時と同じ気持ちだった。

「その先輩も、自分の仕事やりながら面倒見てくれてるんだろ。忙しくて、深く考えてるわけじゃないと思うよ」

「……そうだね」

遙は、何とか笑って答えた。

「優人は？　今日、どうだった？」

「……うん。まあ、普通だった」

「普通じゃわかんないよ。最近、ソファで寝ちゃってること多いし……疲れてない？」

「普通は普通だよ。大丈夫だって。一人暮らしの時から、こんな感じだから」

優人は会話を切り上げて、リビングを出て行った。心配して問いかけた遥の気持ちは、ほったらかしだ。

優人はあまり自分の仕事の話をしたがらない。忙しい時期は特にそうだ。家に帰ってまで仕事のことを考えたくないのかもしれないが、何も話してもらえないのは寂しかった。

「一人暮らしの時から、こんな感じ」のまま何も変わらないなら、2人で生活する意味って何なんだろう？

その晩は飲み下したつもりだったモヤモヤが爆発したのが、今朝だった。

「遥、起きて、遅刻するから、遥！」

珍しく焦った様子の優人に起こされて、向かったリビング。

「オレ、もう出るから」

慌ただしく上着を着ている優人の向こうに、食べ終わったまま放置された食器類。足元には脱ぎっぱなしのパジャマと靴下。すぐそこに、洗濯物を入れる籠があるのに。

　これも、見慣れた光景だった。毎朝毎朝、見飽きるほどに繰り返されている。

「自分のことは自分でする」と決めたのに。使った食器は自分で洗う。時間がない時でも、シンクに下げる。洗濯物は、籠に入れるところまでは自分でやる。そういうルールのはずだ。

　今までは、何も言わなかった。優人が忙しくて疲れているのはわかっていたし、口うるさくして、せっかくの新生活に嫌な空気を持ち込みたくなかった。だから、置きっぱなしの食器も床の洗濯物も、黙って遥が片付けていた。代わりにやったところで、そんなに大変な作業じゃないと、自分に言い聞かせていた。

　でも、もう、我慢の限界だった。

「また、これ？」

　刺々しい声に、鞄を手にして玄関に行こうとした優人が立ち止まる。

「遥？」

「自分のことは自分でって決めたでしょ！　何で、毎朝毎朝脱ぎっぱなしなの？　お皿もそのままで、何で平気なの！」

　優人は遥に向き直って、ため息をついた。わざと聞かせるみたいに、大きく。

「こっちだって、毎朝遥を起こして、朝飯作ってるんだから、それくらいやってくれたっていいだろ！　時間だってあるんだから」

突き放すような口調がショックで、思わず言い返した。

「時間なんかないよ。わたしだって働いてるんだよ！」

「オレも働いてる。毎日毎日忙しいし、後輩の面倒も見なきゃいけない。正直、全然余裕ないんだよ」

「それはわかってるけど、でも」

「今オレさ、でかいプロジェクトの重要な仕事を任されてんの。だから本当に、余計なこと考える暇ないんだって。遥にはわかんないかもしれないけど」

「……何、それ？」

結婚生活は、優人にとっては「余計なこと」？

優人の大変さは、遥には「わからない」？　会社員じゃないから？　重要な仕事を任せられている優人と違って、アシスタント扱いされるような存在だから？

「遥？」

「そっか、ごめんね、気が利かなくて」

目の奥が熱くなるのをぐっとこらえて、代わりに口から飛び出したのは、自分でもぞっとするほど嫌味ったらしい声だった。

「そんなに忙しいなら、最初に言ってくれればよかったのに」

「わかった、わかった。もう遅刻するから、帰ったら話そう」

優人はうるさそうに手を振って、遙の横をすり抜けた。玄関のドアが閉まる音。

2人で暮らして初めて、「いってらっしゃい」のない朝になってしまった。


「……で、初めて『いってらっしゃい』を言ってもらえなかった。はっきり言って、俺だって怒ってるよ。でも、やっぱりしっくりこないっていうか、単純に寂しいじゃん。だからさ……って、聞いてる、村上？」

怒濤のごとくしゃべり続けていた村石翔太の口が、やっと止まった。

優人は麻婆豆腐をすくいながら、向かいに座った村石の回鍋肉の皿を見る。運ばれてきてからしばらく経つのに、一口も減っていない。ずっと話し続けていたからだ。時計を見ると、昼休憩は残り30分に迫っている。

「……聞いてるから早く食えって。せっかくの料理が冷めるし、昼休みが終わる」

「ちょっと、冷たいよ、村上。冷めてるのは俺の回鍋肉じゃなくて、村上の態度だよ！　同期同士の、運命的な再会なのに」

「何が運命だよ。同じビルにいるだろ。あと、全然うまいこと言えてないから」

入社した時は同じ部署に配属されていた優人と村石だが、入社2年目の7月に村石が異動になった。といっても、同じビルの中の別のフロアに移動しただけだ。異動してからも時々飲みに行っているし、5月の優人の結婚式にも招待した。

「うーん、激辛のツッコミだな、麻婆豆腐並みに」

「いいから食べろって」

「はいはーい」

村石はようやく料理を口に運んだが、一口飲み込むなり箸を置いて、しょんぼりとため息をついた。

「真由、まだ怒ってんのかな……。やっぱり俺から謝ろうかな」

真由は優人と村石の同期で、村石の恋人だ。一昨年に付き合い始めて、今年の年明けに同棲を始めた。優人は2人が交際を始めた当初から知っているが——というより、真由に片思いしていた村石に頼まれて2人の仲を取り持たされたのだが、真由は大人しそうな外見に反して気が強いしっかり者で、村石は完全に尻に敷かれている。

さっきまで村石がまくしたてていた話によれば、今朝も軽い口論になったが村石が言い負かされ、追い出されるように出社したそうだ。優人は最初、自分の話をされているのかと思ってしまった。

「村上のとこはどうなの、最近」

「オレ？　うん、まぁ」

優人は麻婆豆腐を頬張った。返事を考えるための時間稼ぎだ。しかし、それで誤魔化されたり、空気を呼んで話題を変えるような村石ではない。

「さては村上も、遙ちゃんと喧嘩したな？」

「……何でだよ」

「いや、お前、わかりやすいから」

コミュニケーションに関しては直球も直球、ど真ん中のストレートを投げてくるのが、村石翔太だ。石橋を叩いて渡るタイプの優人からすると危なっかしく感じることも多いが、だからこそ、相手の懐に飛び込むのもうまい。

現に今、優人は村石の直球に押されて、話す気になってしまった。

「喧嘩っていうかさ」

優人はスプーンを置いた。

「何でこんなことになったんだって感じ。結婚して一緒に暮らしたいってずっと思ってたのに、

「何でうまくいかないんだろう、って」

共働きだから、「自分のことは自分でする」と、暮らし始めた時に2人で約束した。

洗濯や掃除はできるほうがまとめてやる。食事のタイミングは、生活リズムが少しずれているので、無理に合わせないことにした。遥の勤めるヘアサロンの閉店は21時で、帰宅は早くても22時を過ぎるので、優人が早く帰宅することのほうが多い。待ったり待たせたりでストレスを感じたくないから、食事は基本的に各自で準備する。ただし、朝食だけは優人が2人分作ることにしている。1人分も2人分も、作業の量は大して変わらないからだ。出勤準備に追われてつい洗い物をせずに家を出てしまうこともあるが、そういう時は遥が片付けてくれる。何となく、それが暗黙の了解だと思っていた。

昨日も、家に帰ったのは優人が先だった。コンビニで買った弁当とビールで夕食を済ませ、ぼんやりとテレビを見た。ニュースの内容は全然頭に入らず、代わりに仕事のことばかりが思

い浮かんだ。

入社して4年目を迎えた今年、優人はついに後輩の指導を任された。4月に優人たちのチームに配属された、新入社員の田坂の指導だ。田坂は礼儀正しく素直な元野球少年で、仕事にも真面目に取り組んでいるのだが、残念ながら努力の割に飲み込みが悪い。優人も優人で、仕事を教えることにまだ不慣れで、指示の伝え方や叱り方に悩む毎日だ。

田坂は臨機応変な対応が苦手で、指示された内容はきちんとこなすが、それ以外の部分に気が回らない。優人が「自分の言葉が足りなかった」と反省して事細かに指示すると、今度は混乱して仕事が止まる。かと思えば、気を利かせたつもりで優人の指示していない作業を勝手に進めてしまい、慌ててフォローしなくてはいけない羽目になる……と、トラブルの連続だ。改めて、新人の自分を指導してくれた先輩たちに感謝の念を覚えた。

さらに、先月からは他社との合同プロジェクトに参加することになり、優人は「Think better」社チームのチームリーダーを任せられた。メディアやＳＮＳと連携して大規模なＰＲを仕掛けていくという一大プロジェクトで、業界内での存在感を高める絶好のチャンスだ。その分、失敗できないという緊張感も強く、やりがいはあるが疲労もたまってきている。

自分に与えられた仕事にだけ集中できることが、どれだけ楽だったか……。人を指導したり、チームをまとめたりする立場になって初めてわかったことだった。

ニュースはいつの間にか、バラエティ番組に変わっていた。賑やかな音楽や笑い声が疲れた頭にはわずらわしくて、優人はテレビを消した。そのまま目を閉じる。少し休憩したら、キッチンのゴミを片付けようと、眠気に襲われながら考えた。今日はコンビニの新作スイーツも買ってきたから、遙と一緒に食べるのも楽しみだ。

そのまま、眠ってしまったらしい。キッチンで物音が聞こえて目を開けると、遙が帰ってきていた。

「遙？　お帰り」

ソファから起き上がると、遙が薄暗いキッチンに立っていた。リビングの明かりがギリギリ届いているので姿は見分けられるが、表情は見えない。

「……ただいま」

「これから飯？」

「うん。優人は、もう食べたんだね」

遙の声は疲れているように聞こえた。仕事で何かあったんだろうか。しかし優人が尋ねる前に、遙は「手、洗ってくるね」とリビングを出て行った。

遙の様子が気にはなったが——話したいことがあるなら、本人から言うだろう。

優人は、冷蔵庫からコンビニスイーツを2つ取り出した。1つは、遙がダイニングテーブルに置いて行ったパスタサラダの横に置く。もう1つを持ったまま、遙の向かいの席に座った。

今回の新作は、スイカジュレとレモンカスタードクリームのプリンだ。

付き合っていた時、デートでスイーツめぐりをしては感想を言い合っていたのが懐かしい。

最近は遙となかなか休みが合わなくて、ゆっくりデートにも出かけられていない。

洗面所から戻ってきた遙は、テーブルの上のデザートにすぐ気がついた。

「これ、新発売の？」

「うん。一緒に食べようと思って」

「今は大丈夫、ありがと。明日の朝もらうね」

そう言って、遙はプリンを冷蔵庫に戻しに行ってしまった。

「……わかった」

遙と一緒に食べるのを楽しみにして、買ってきたのに……。朝食はいつも時間がずれるので、どのみち一緒には食べられない。

優人も食べる気をなくしてしまい、ノートパソコンを開いてメールをチェックした。つい集中しているうちに、遥が戻ってきて、向かいでコンビニのパスタサラダを食べ始める。

黙々と食べる遥を見ながら、違う話題を探した。

「遥、今朝、間に合った？」

遥が顔を上げて、微笑んだ。帰宅してから初めての笑顔が見られて、ほっとする。

「うん、大丈夫だった。わざわざありがとうね」

今朝は珍しく、遥が先に家を出た。優人はクライアントの会社に直接訪問する予定だったので、いつもより遅く、遥より30分ほど遅れて家を出るつもりだった。

が、ダイニングテーブルの上に遥のスマートフォンを見つけて、事情が変わった。慌てて駅に走り、ちょうど改札の前でおろおろしている遥に追いつくことができたのだ。

やっと笑った遥は、すぐに表情を曇らせて、ため息をついた。

「でもね、その話で陣内さんにまたイジられちゃって」

「陣内さん？」

「前に話したと思うけど……。今のお店のスタイリストさん。お洒落な40歳くらいの男の人で、よく面倒見てくれてる人。ほら、ヒゲの人」

「ああ、うん、陣内さん」

遙の話に何回か出てきた名前だ。しかし、会ったことも話したこともない相手だとどうしても印象が薄く、思い出すのに時間がかかってしまう。

「……悪い人じゃないんだけど、一言余計っていうか、悪ノリするっていうか。今日も、『地下鉄乗ったことないの？　もしかして、地元はまだ飛脚とか走ってる？』って言われて……リアクションに困っちゃった。冗談なのはわかってるけど、でも何回もそういうこと言われると、さすがにちょっとイラッとする」

「そんなのにいちいちイライラしても、仕方ないだろ。そういう人なら、こっちが慣れるしかないんじゃない？」

同じようなことは、優人も上京したばかりのときに何度も経験した。今でも飲み会や会食で、「地方イジリ」をされることもある。相手に悪気がなくても、繰り返されるとうんざりするものだ。とはいえ反論したところで、素直に聞き入れてくれる相手ばかりではない。こちらが大人の対応をするしかないのだ。

「そうだけど」

「それか、はっきり言えば？『そういう冗談は馬鹿にされている感じがして、不快です』って」

ハラスメントが認知されるようになってきた世の中だ。嫌なことは嫌だと、はっきり伝えればいい。

遙はあきらめ顔で、首を横に振った。

「そんなの言えないよ。先輩だし、いろいろ教えてくれてるし」

「それなら流すしかないって。オレだって、お客さんに癖の強い人なんてたくさんいるけど、いちいち相手してたらキリないよ」

遙には話していないが、もっと悪質な冗談を言ってくるクライアントも、ごく少数だがいる。

遙には悪いが、その先輩のイジリなど可愛いものだと優人は感じてしまう。

「その先輩も、自分の仕事やりながら面倒見てくれてるんだろ。忙しくて、深く考えてるわけじゃないと思うよ」

優人も、自分が教える側になってやっとわかったのだ。自分の仕事をしながら誰かを教育することが、どれだけ大変かということが。想像以上に時間と手間がかかり、まったく思い通りに進まない。

遙も、松山の美容院でスタイリストをしていた時には、アシスタントに教えていただろうに。立場が変わって、忘れてしまったのだろうか。

「……そうだね。優人は？　今日、どうだった？」

「……うん。まあ、普通だった」

優人の答えに、遙は不満そうだった。

「普通じゃわかんないよ。最近、ソファで寝ちゃってること多いし……疲れてない？」

「普通は普通だよ。大丈夫だって。一人暮らしの時から、こんな感じだから」

優人は先に席を立って、バスルームに向かった。

家では、あまり仕事の話をしたくなかった。話したいことがないわけではない――例えばクライアントの無茶な要求、爆笑してしまった誤変換のメール、後輩指導の難しさ。けれど、どの話をするにも、登場人物や業務の経緯をまず説明しなければならない。疲れた頭ではそれさえ面倒くさかった。それに、笑い話より愚痴が多くなりそうなのも嫌だった。遙に暗い話を聞かせたいわけではないから。

しかし、風呂に入ってリセットしたはずの疲労と苛立ちとすれ違いは、今朝になっても続いていた。

セットしたはずのアラームが作動せず、優人はいつもより30分も寝坊した。それでも時間にはまだ余裕があったから、朝食はいつも通り作った。遙を起こしに行こうとしたその時、朝のニュースで優人の担当する取引先が取り上げられていて、つい見入ってしまった。

はっと気がついて時計を見た時には、家を出る時間の10分前だった。遙はまだ起きてこない。

「遙、起きて、遅刻するから、遙！」

慌てて声をかけたが、遙は「眠い」「まぶしい」とごねてなかなか起き上がらない。

一緒に暮らすようになって初めて知ったのだが、遙は寝起きが悪い。意識が覚醒してからも、体を動かしてベッドを出るまでに、最短でも10分はかかるのだ。「付き合っている時は頑張って隠してた」と恥ずかしそうに打ち明ける遙は可愛かったし、眠いとむずがる遙を起こすのは、「一緒に住んでいる」という実感があって楽しい。しかし今日のように急いでいる時は、焦りと苛立ちが先に立つ。

どうにか遙が体を起こすのを確認して、優人はリビングに戻った。上着と鞄を取りに行こうとして、キッチンの横の観葉植物に足を引っかけてしまう。

「あっ！」

優人の腰くらいまでの高さに生長したその植物は安定が悪く、あっけなく倒れて土をぶちまけた。どうして急いでいる時に限って！

優人は慌てて、クローゼットの中のほうきとちりとりを取りに行く。

だからキッチンに観葉植物を置くのはやめようと言ったのに。日当たりの関係でどうしてもここがいいと遙が言うので、優人が折れたのだ。

幸い、こぼれた土はそれほど多くなかった。手早く片付け終わったところで、ようやく遙が起きてきた。

「オレ、もう出るから」

慌ただしく上着を着て鞄を手に取ると、後ろから遙の声が聞こえた。

「また、これ？」

その刺々しさに、優人は玄関に向かいかけていた足を止める。

「自分のことは自分でって決めたでしょ！　何で、毎朝毎朝脱ぎっぱなしなの？　お皿もそのままで、何で平気なの！」

起こしてもらって、第一声が小言かよ。

思わず深いため息をついた。

「こっちだって、毎朝遙を起こして、朝飯作ってるんだから、それくらいやってくれたっていいだろ！　時間だってあるんだから」

「時間なんかないよ、わたしだって働いてるんだよ！」

「オレも働いてる。毎日毎日忙しいし、後輩の面倒も見なきゃいけない。正直、全然余裕ないんだよ」

「それはわかってるけど、でも」

「今オレさ、でかいプロジェクトの重要な仕事を任されてんの。だから本当に、余計なこと考える暇ないんだって。遙にはわかんないかもしれないけど」

「……何、それ？」

遙のうんざりした声。だけどそれだけではない気がした。

一瞬だけこちらを見た遙の目に、涙がたまっているように見えた。

「遙？」

「そっか、ごめんね、気が利かなくて。そんなに忙しいなら、最初に言ってくれればよかったのに」

わかりやすく当てつけられて、心配はあっという間に苛立ちに蹴散らされる。

「わかった、わかった。もう遅刻するから、帰ったら話そう」

口論を無理やり終わらせて、遙の横をすり抜ける。

2人で暮らして初めて、「いってきます」のない朝になってしまった。

優人の話を聞きながら、村石はいつの間にか回鍋肉を食べ終わっていた。

「そんなこと、言っちゃったのかぁ。村上って、普段はため込んで、言う時には不満が大爆発っていうパターン、多いよな。俺らが新人の時も、そうだったじゃん」

「あれは村石が……」

言いかけた優人に、村石が人差し指を突きつけてくる。

「ほらほら、そういうところだよ。どっちが正しいとかじゃないんだって。俺らもあの時に学習しただろ？」

「……そうだよな。今朝は、言い過ぎたと思ってる」

あの一瞬、遥は泣きそうな顔をしていた。

あんな顔をさせたかったわけじゃない。それなのに、自分を制御しきれなかった。

優人と遥は結婚まで6年弱付き合ったが、面と向かって衝突したのは数えるほどだ。遠距離恋愛の期間が長かったことが、1番の大きな要因だろう。顔を見て話ができる機会は、それがたとえ画面越しだったとしても貴重な時間で、喧嘩するなんてもったいなかった。

それに、優人も遥も、感情を外にぶつけるよりも自分の中で消化するタイプだ。今朝のように、2人とも感情的になって喧嘩をするのは珍しいことだった——もしかすると、初めてだったかもしれない。

逢を傷つけてしまったという後悔。自分の気持ちをもっとわかってほしいという苛立ち。整理しきれない感情が混ざり合って、朝からずっと胸のあたりが重かった。

村石がグラスの水を飲んで、うーん、とうなる。

「一緒に住むと、いろいろあるよな。でもだからこそ、一緒に住む意味があるんだと、俺は思うよ。俺も真由と同棲始める時は、毎日ラブラブハッピーライフを夢見てたけど、現実には……3日に1回は喧嘩してる」

「……それはさすがに多すぎないか？」

「え、そう？」

村石はきょとんとしている。本当にその頻度で喧嘩をしているなら、村石も真由もタフだ。

優人は今朝の1回だけでも、精神的にかなりのダメージを負っている。

「……そんなに喧嘩して、一緒にいるの、嫌になんないの？」

「それはないいな」

あっさりと村石は言い切った。迷いやためらいは、一瞬もなかった。

「俺と真由って考え方が違うことも多くて、だから喧嘩になるんだけど、でもそれで逆に救われてるところもあってさ」

「逆に……？」

「そ。俺は、『喧嘩中は全部シャットアウト！』って感じなんだけど、真由は全然違くてさ。派手に喧嘩したあとに、『今日のご飯、何にする？』とか普通に話しかけてくるんだ。喧嘩してるからって相手の存在を無視するのは、真由にとっては『ルール違反』なんだって。俺も、話しかけられたら返事はするし……それで話してるうちに、何となく仲直りできたりして」

真由の声真似らしい裏声を交えながら、村石は優しく笑った。

「真由が俺と同じタイプだったら、どっちもだんまりでずっと平行線じゃん？　だから、真由のそういうところに助けられてるし、俺も変わらなきゃって思う」

「……そうか」

「まぁ、違って当たり前っていったら、そうなんだけどさ。別の人間なんだし」

「そうだよな。……どんなに一緒にいても、違うんだよな」

優人と遙は学生時代から付き合い始めて、今は生活をともにして、好きなものも生活の癖も何もかも知っているつもりだけれど、もともとは「他人」で、別々の存在だ。考え方も感じ方も違うし、気持ちは言葉にして伝えなければわかりあえない。

遠距離恋愛をしている時に、痛感したはずのことだ。それなのに、結婚して、毎日会えることに甘えて、そんな基本的なことも忘れてしまっていた。

違うから、喧嘩にもなるけれど——違うからこそ、お互いを補い合うこともできて、一緒にいたいと思える。磁石の同じ極同士が反発し、違う極が引き合うように。

「あー、早く帰って、仲直りしてぇなぁ」

「……そうだな」

冷めた麻婆豆腐をすくいながら、優人もうなずいた。


遙は手すりにもたれて、さらさらと流れる川を見つめていた。夜の水面に、街灯の光がちらちらと反射している。

午前中は、藍と家でおしゃべりをして過ごした。昼前に藍が帰ると、遙は午後から店に行って、カットの自主練習をしてきた。家に1人でいると、今朝のことを思い出してまた悩んでしまいそうだったから。

——お姉ちゃん、喧嘩慣れしてないからね。

遙の話を聞いて、藍は呆れ顔で言った。

「喧嘩慣れ？」

「そう。お姉ちゃんって、周りに合わせるタイプでしょ。あたしと違ってさ。それがお姉ちゃんのいいところだけど、優人さんには、ちゃんと思ったこと言ったほうがいいよ」

「でも……今朝は、それで喧嘩になっちゃったんだよ」

「それは、言い方とタイミングの問題。そういうところが、慣れてないんだよねぇ。お姉ちゃんだけじゃなくて、優人さんもかな？　２人とも、自分の気持ちのことになると、不器用なところあるよね」

「そう、かな……」

「ねぇ、お姉ちゃんはさ、優人さんとこれからずっと一緒にいたいんでしょ？　それなら、喧嘩にも早く慣れないとね。むしろ今回のことは、いい経験になるんじゃないの？」

他人事だと思って、好き勝手に言ってくれる。すねた気持ちは、妹に諭された気恥ずかしさの裏返しだと、自分でわかっている。

遠距離恋愛を始めたばかりの頃、不安に押しつぶされそうになった遥の様子に気づいた優人が、東京から駆けつけてくれたことがあった。あの時の遥はまだアシスタントで、自分の技術の未熟さに悩んでいた。店で夜遅くまでカットの練習をして、帰ろうと外に出たら、そこに優人がいた。あの瞬間の喜びと安心を、遙は今もはっきり思い出せる。

優人に会いたくて、でもそれを伝えて優人の負担になるのが怖くて、言い出せなかった。だからこそ、言葉にできない気持ちを優人がわかってくれたことが嬉しかった。

その記憶がいつしか、優人への甘えになっていたのかもしれない。優人なら、言葉にしなくてもわかってくれるはずだ、と。思えば、今朝、優人にイライラをぶつけたのだって、甘えの裏返しだった。優人は感情に流されないタイプだから、遙のかんしゃくもうまく受け流してくれるだろう、と。

ふいに、ポケットの中のスマートフォンが震えた。画面を見て、表示されている時刻に驚く。もう21時近い。自主練習を終えたのが20時頃だったから、1時間ほどこうしてふらふら散歩していることになる。

優人から、メッセージが届いていた。


【ゆうと】どこにいるの?

【ゆうと】電話していい?

遙はメッセージを打ち込んだ。

【はるか】いいよ

返信してすぐに、電話がかかってきた。

「もしもし」

「もしもし」

ぎこちない挨拶は、お互い様。

「……前はよく、こうやって電話して話してたよね」

「遠距離だったからね」

優人がささやくように答える。

空を見上げると、遠くに丸い月が見えた。暗い夜空にぽつんと、ひとりきり。

いつかもこんな風に、月を見上げながら電話した。松山と東京で、違う場所から同じ月を見て、綺麗だと話した。松山にいる遙には見える月が、東京にいる優人には見えなかったり、その逆もあった。

「電話しながら寝ちゃったりとか、電話出なかったりとか、そういうのもあったよね」

「画面越しに、寝てる遙の頭をなでたりとかしたっけな」

「……そうだったんだ」

遙も、ビデオ通話の間に眠ってしまった優人の寝顔を眺めることがあった。画面越しでも優人の顔が見えて、同じ時間を過ごしていることに安心した。けれど同時に、電話の最中に寝られて、置いてけぼりにされる寂しさも感じていた。

「メールが来ないと寂しかったり、そういうのが当たり前だったよな」

「うん」

遠距離恋愛を始めたばかりの頃は特にそうだった。遙は優人のいない生活が寂しくて、優人は東京での新しい生活に慣れるのに必死で、2人とも余裕がなかった。

「だからこそ、会えたらすごく嬉しかった。懐かしいなぁ……。今のほうが、一緒に住んでるのにね」

「……そうだね」

あの頃は、とにかく一緒にいられる時間が足りなくて、もどかしかった。会いたい、話したい、触れたい——恋しい気持ちの前には、いつも距離と時間が立ちはだかった。大好きな人と毎日顔を合わせて暮らすことさえできれば、それだけで悩みも問題も何もかも解決するような気がしていた。

今はどうだろう。同じ家に住んで、同じベッドで眠る。いつでも会える、話せる。あの頃、涙が出るくらいに願った日々。

それなのに、こんなに遠い。

あの頃の自分が知ったら、呆れて、うらやましがって、怒るかもしれない。すぐ会える距離にいるのに、どうしてわざわざ離れるのか、と。

「そろそろ帰るね。……じゃあね」

電話を切って、川の水面を見つめた。

去年の秋、優人にプロポーズされたのが、ちょうどこの場所だった。夕方から夜に移り変わる薄闇の中で光っていた指輪と、優人のまっすぐなまなざしを思い出す。

会いたい、と思った。

会って話をしよう。言わなくてもわかってくれるなんて、思い上がるのはもうやめよう。

よし、と深呼吸したところで、後ろから足音が聞こえた。よく知ったリズムの足音だ。

「迎えに来たよ」

少し緊張した声に、ゆっくりと振り返る。

思った通り、優人が立っていた。

優人が、手に持ったビニール袋を目の前に掲げた。透明なビニール越しに、黄色い花の鉢植えが見える。

「その花」

「……遙、欲しいって言ってただろ。次に買うならこれがいい、って」

最近、近所の家の庭先で見かけてから気になっていた花——キンシバイだった。けれどその時は、これ以上ベランダや室内を観葉植物で占領するのはさすがに気が引けて、あきらめた。

そんな話をしたことがあったかもしれない。

覚えていてくれたんだ。

「わたしからも、これ」

遙も、左手に持っていたコンビニの袋の中身を取り出して見せた。

「好きでしょ？　一緒に、食べよう」

黄桃のクリームパフェ。優人のお気に入りのコンビニスイーツで、新作が出ていない時はいつもこれを買ってくる。

遙は優人に歩み寄って、ぽんと肩に拳をぶつけた。

「もっと早く迎えに来てよ」

「……ごめん」

それが、遙の軽口に向けた謝罪でないことはわかっている。先に謝って、遙に機会をくれたことも。

「わたしのほうこそ、ごめん」

優人がそっと手を伸ばして、遙の頭をなでた。

優人にそうしてもらうと、安心する。

だから遙も、優人の頭に手を伸ばして、わしゃわしゃと髪をかき乱した。

「えっ?」

「お返し」

きょとんとした優人の顔があまりに無防備で、笑みがこぼれる。

そんな顔、初めて見た。まだまだ知らないことがある。

遙と優人は違う人間だから、長く一緒にいたつもりでも、知らないこともたくさんあって。

違う人間だから、ぶつかって、すれ違って。

だからこそ、こんなにも愛おしい。

2人で歩む毎日が、こんなにも楽しい。


帰り道、手をつないで歩いた。反対の手には、お互いへの贈り物をぶら下げて。

「優人。朝ごはん、いつも作ってくれてありがとう。優人はわたしの分まで作ってくれてるんだから、洗い物はわたしがやるね。今まで気づかなくて、ごめん」

「オレも……ゴミとか洗濯物とか、やらせちゃってごめん。今度こそ気をつける」

「他には？　優人、わたしに言いたいこと、ない？」

優人は少し迷うように視線をさまよわせた。

「あるなら、ちゃんと言って？」

「……朝、もう少し自力で起きてくれると助かる……」

「……わかった、頑張る。ごめんね」

寝起きの悪さは、遙自身も自覚しているだけに恥ずかしく、申し訳なかった。朝起きられない理由は、もともとの体質や美容師の勤務時間の影響だけではなく、海外ドラマに夢中になってつい夜更かししてしまうせいもあるから、余計に。

「……遥は？　他に言いたいこと、ある？」

「うん……。優人、最近忙しそうだから、大丈夫かなって……。わたしじゃ頼りにならないかもしれないけど、悩んでることとかあるなら、話してほしい」

「そうか。心配させて、ごめん」

優人は少し考えてから、「実はさ」と話し始めた。

「今、田坂っていう新入社員の指導を任されてるんだ。田坂は、頑張ってるんだけど、ミスも多くて……。オレの教え方が悪いのかなって、自信なくす時がある」

「そうなんだ」

優人の部署に新入社員が入ったことは聞いていたが、指導に悩んでいるのは初めて知った。最近特に疲れている様子だったのは、慣れない指導に神経をすり減らしていたからなのだろう。

「優人は、後輩に仕事を教えるの、初めてだもんね」

「うん。遥は松山にいる時に、そういうことで悩んだりした？」

「あったよ、教えたつもりなのに、『聞いてません』って言われたり、自分が思ったのと全然違う解釈されててびっくりしたり……。相手がどこまでわかってるか、ちょっとしつこいくらいに確認しながら教えてたかなあ」

「そうか。オレも、そうしてみるよ。……遙は？　最近、仕事どう？」

「うん……正直、ちょっと、不安かな」

優人の悩みを打ち明けてもらえた安心感からだろうか。なかなか言えなかった気持ちを、するりと伝えることができた。

「不安？」

「うん。まだ働き始めてたった1ヵ月だって、わかってはいるけど……リピーターのお客さんもなかなかつかないし、アシスタントの仕事も兼任だし。東京でスタイリストとしてやっていけるかなっていう不安があるの」

「そうか……そうだよな。オレも会社入ったばっかりの頃、ずっと不安だったな」

優人がぽつりと言った。

「優人も？」

「うん。まったく新しい環境で、知らない人たちに囲まれて……自分の居場所がそこにちゃんとあるのか、不安だった。だから遙も、同じような気持ちなんだろうなって」

「……そうなんだ」

「でも、焦っても空回りするだけで……結局は、目の前のことを1つずつやっていくしかないんだよな」

優人の声はじんわりと温かく、遙の気持ちに寄り添ってくれていることが伝わってくる。

「そうだね。……うん、大丈夫。優人に聞いてもらって、楽になったから。ありがとう」

不安や悩みを打ち明けて共有することは、それぞれの背負った荷物を半分ずつ交換するようなものかもしれない。

交換したところで、荷物の量が減るわけではないし、目の前に立ちふさがる問題がすぐに解決するわけでもない。

けれど相手の荷物を持てば、相手が抱えているものや、その重さを知ることができる。

荷物を半分ずつ預けて、お互いを思い合っていることを感じる。だから荷物の重みに負けないで、次の1歩を踏み出す勇気を持てる。

1人じゃないから——2人一緒だからこそ。

遙は、優人を見上げて微笑んだ。

「結婚式で言われたこと、思い出すね」

「結婚式？」

「そう」

5月に開いた結婚式では、ゲストハウスを借りて、ガーデンパーティーを開いた。絶対に晴れてほしいと毎日祈った甲斐があって、五月晴れのお手本のような晴天に恵まれた。

母と選んだウェディングドレスを身にまとい、藍に結ってもらった髪に花を飾った。タキシード姿の優人は、緊張のせいか少し表情が硬くて、高校時代の友人たちや職場の仲間にからかわれていた。

参列してくれた家族や友人、親戚、職場の仲間一人ひとりに挨拶をして、たくさんの祝福をもらった。「おめでとう」「お幸せに」、そして。

「『これからが始まりだね』って……両親に言われたの、覚えてる?」

「覚えてるよ。花束渡した時だったよな」

「その言葉を、今日やっと理解した気がする」

「そうだな」

結婚はゴールじゃなくてスタートだ、なんて、紋切り型だけど、本当にその通りだ。

まさか自分たちがこんな風に喧嘩をするなんて、思いもしなかった。これからも、思いがけない出来事がたくさん起こるのかもしれない。

そう考えると、少し不安になる。

でも——1人ではないから。きっと大丈夫。

「オレ、課長の祝辞も、よく覚えてるよ」

優人がしみじみと、かみしめるように言った。

「課長って、優人の上司の西田さん？」

「そう。結婚生活は二人三脚みたいなものだって話が、印象的だった」

結婚式当日に挨拶した時、西田は「話が長くなったら、容赦なく退場させていいぞ」と照れ笑いしていたが、西田の祝辞は素晴らしいものだった。優しさと、慈愛と、ユーモアを感じさせる内容に、遙の目頭は熱くなったし、優人も涙をこらえるように、せわしなく瞬きしていた。

結婚生活は二人三脚のようなものです、と西田は話した。

「自分だけでは先に進めない。よろけて、文字通り足を引っ張り合って、そのたびに息を合わせながら、2人で足を運ぶ。転んで、相手を責めたくなる時もある。けれど、立ち上がる時には必ず、2人の力が必要になる。運動会のレースと違って、人生に順位はない。だから、ゆっくり、自分たちのペースで進めばいい」

西田の言葉を思い出しながら、改めて、勇気をもらったように感じた。

不器用で不格好かもしれないけれど、わたしたちだけの道を——優人と一緒に進んでいこう。

優人の手が、そっと遙の手を握る。

「これからも、今朝みたいに……喧嘩することもあるかもしれない。でもオレは、そういうことも全部ひっくるめて、遙とこれから先、ずっと一緒にいたいと思ってる」

「うん。わたしもそう思ってるよ」

遙は優人の大きな手を握り返し、空を見上げた。

「ねぇ、月、綺麗だね」

「うん。満月かな」

さっきと同じように月を見上げても、寂しそうだとはもう思わなかった。

「わたし、小さい頃、月の取り合いで、藍と喧嘩したことがあるの」

「月の取り合い？」

優人がおかしそうに繰り返す。

遙自身、今では笑ってしまう思い出だ。でも当時は本気だったのだから、子どもの考えることは本当に突拍子もない。

「そう。幼稚園くらいの時かな。夜、庭で空を見上げていた時に、藍が突然『お月様は、藍のものだからね！』って言い出して……。わたしも子どもだったから、妙に張り合って、『月はみんなのものだよ』って言い返して。結局、藍が泣き出しちゃって、そうしたら、お母さんが、水を張った洗面器を2つ持ってきてくれたの」

「洗面器？」

「そう。そこに月を映して、『2人に月を分けてあげるから、喧嘩しないで』って言ってくれた。満月を見ると、その時のこと、思い出す」

「そうなんだ」

優人は優しく微笑んだ。

「オレはガキの頃、月って穴なんだと思ってた」

「穴？」

「そう。空は大きなドームで、月はそこに開いた穴。宇宙人は、あの穴を通って地球に来るんだって思ってた」

「宇宙人が通る穴、かぁ。面白いね。わたしたち、同じ月を見ても、全然違うことを考えてたんだね」

「そうだね」

月を仰ぎ見る優人の横顔に、少年の面影が残っている気がした。

遙の知らない優人の欠片。これまで優人が積み上げてきた時間と思い出を、もっと知りたいと思う。

「優人の子どもの頃の話、もっと聞かせて」

優人は少し驚いた表情を見せて、笑った。

「いいよ。代わりに、遙の話も聞かせてよ」

同じ月を見て、綺麗だと感じる気持ちを分け合える喜びがある。

同じ月を見て、違うものを思い、それを分かち合う楽しさがある。

その一つひとつを丁寧に、大切にしていきたいと思う。

「じゃあ、まずは優人からね」

「オレから？　えっと……」

一緒に見上げた空で、丸い月が優しく光っていた。

エピローグ

季節の変わり目ですが、元気に過ごしていますか。そちらでの生活には、もう慣れましたか。先週は、電話をくれてありがとう。初めて親元を離れての生活、いろいろハプニングはありつつも、楽しんでいるようでよかった。

ただ、声に少し元気がなかったような気がしました。考えすぎかもしれないけれど、君は一人で頑張りすぎるところがあるから心配で、この手紙を書くことにしました。

もし君が今、特に悩んでいることも苦しいこともなくて、元気がないように思ったのがお父さんとお母さんの勘違いだったなら、この手紙はここで閉じてください。過保護な両親のことは忘れて、新しい生活を楽しんで。

でも、今でも、これから先でも、もし君が「つらい」と感じる時があったら、この手紙を思い出して、続きを読んでください。

本当は、君がこの手紙を読む必要がなければいいのに、と思っています。でも、人生には悲しいことや苦しいことが起きてしまうものだから、その時には、せめてこの手紙が君の支えになることを祈っています。

さて、君が今この手紙を読んでいるということは、きっと何か、苦しいことがあったのでしょう。だから、この手紙を開いてくれたんだよね。

もしかすると、君が悩んでいるのは、人間関係についてでしょうか。それとも、思い通りの結果を出せない自分への失望でしょうか。お父さんとお母さんの子どもだから、そういうことで悩む性格は似てしまったのかもしれないね。

今、君は、自分自身をすごく嫌いになっていたり、自分には何の価値もないと思っているかもしれない。でも、誰が何と言おうと、君はお父さんとお母さんの大切な存在です。それだけは、絶対に忘れないでください。

君がお母さんのお腹に宿っているのがわかった時、お父さんもお母さんも、本当に嬉しかった。その時の君はまだ本当に小さな存在だったけど、わたしたちの一番の宝物になりました。お父さんは、お母さんのまだぺったんこのお腹をおそるおそるなでながら、毎日一生懸命、君に話しかけていました。

君が生まれることを知って、たくさんの人が「おめでとう」と言ってくれました。君のお祖父ちゃんやお祖母ちゃん、叔母さん、それに、お父さんとお母さんの友達も、みんな君に会えるのを楽しみにしていました。お父さんとお母さんのどちらに似ているんだろうか、とか、初めてのプレゼントは何にしようか、どんなことをして一緒に遊ぼうか、想像するだけでワクワクしたものです。

そんな風に、君が生まれたあとのことをいろいろと思い描いていたけれど、結局、お父さんとお母さんが願ったのは、「君が生まれてきてくれれば、それだけでいい」ということでした。世の中がどれだけ進んでも、まだ祈るしかできないこともあって、赤ちゃんが無事に生まれてくることもその1つだから、お父さんもお母さんも、不安になる夜が何度もありました。

出産の時は、陣痛が始まってから君が生まれるまでに丸一日以上かかって、お母さんはもちろん、付き添っていたお父さんも気が気でなかった。

でも、一番頑張ったのは、生まれてくる君だったと思う。大変だったね。よく頑張ったね。

君の大きな泣き声を聞いた時は、お父さんもお母さんも涙が出ました。

元気に生まれてきてくれた。それだけで、本当に嬉しかった。

生まれてくる君は、場所も、時代も、親も選ぶことができないから、今、ここで、わたしたちが君を迎えることが、本当に君を幸せにできる選択なのか、自問自答する時もありました。世界中の不幸な出来事や嫌なものすべてから君を守ってあげたいのに、そうできないことが悲しいし、怖い。もし君が、「生まれてこなければよかった」と思ってしまったらどうしよう、そんなことを想像して、涙が出たこともあります。

それでも、君にどうしても会いたくて、お父さんとお母さんのわがままで、わたしたちのところに来てもらいました。君が「生まれてきてよかった」と思えることが、お父さんとお母さんの幸せです。

だから、もし今君が抱えている悩みについて、わたしたちに相談することをためらっているのだとしても、どうか話してほしい。

親と子は別々の人間だから、わたしたちも、君のことを何でも知っているとは思っていません。もしかしたら、わたしたちが全然知らない君がいるのかもしれない。

たとえそうであっても、わたしたちは君のことを100パーセント信じています。

だから、君は、君自身を幸せにするために生きてください。

そんなのは、自分勝手だと思うかな。でも、君の人生は、わたしたち親やほかの誰かのものではなく、君自身のものです。そして、まずは自分を大切にすることが、周りの人を大切にすることにもつながっていきます。

だから、周りと比べて落ち込んだり、焦ったりしなくていい。自分のペースで、ゆっくりでいい。

人はみんな一人ひとり違っていて、ほかの誰かにはなれない。そのことが、絶望に思えることもあるかもしれない。お父さんもお母さんも、相手が自分の気持ちをわかってくれないことに苛立ったり、悩んだりしたことがありました。それは、夫婦でも、親子でも、仲間でも、同じことです。

でも、違うからこそ、お互いにないものを補い合って、支え合って生きていける。自分とは違う誰かを想う時にこそ、人は優しくなれるのだと、今はそう思っています。

だから、人と違う自分を否定しないで。

君と違う誰かを否定しないで。

君は、君であるというだけで大切な存在です。

自分の選んだ道を、進んでいけばいいんだよ。

君が生まれて初めて迎えた朝は曇りで、空には厚い雲がかかっていました。でも雲の向こうには、いつだって、青い空が広がっています。

今は太陽が見えなくても、あきらめないでほしい。

日が差す時が、きっと来るから。

ゆっくりと、歩いていってください。

君は、いつまでもずっと、わたしたちの宝物です。
わたしたちのところに生まれてきてくれて、本当にありがとう。

母・遙より
父・優人より

篠原 誠

クリエイティブディレクター。au三太郎シリーズやUQ三姉妹、トヨタイムズ、#洗濯愛してる会、教えてトライさんシリーズなどの広告を企画。JT「想うた」、au「海の声」「みんながみんな英雄」「やってみよう」などのCMソングとみんなのうた「デッカイばあちゃん」の作詞、「嘘なんてひとつもないの」「有村架純の撮休」などのドラマ脚本も手がけた。

叶野 和

神奈川県生まれ。学生時代から創作活動を始め、現在は小説を中心とした執筆活動を行っているほか、別名義にてシナリオライターとしても活動している。

原案　篠原 誠
小説　叶野 和
発行人　川畑 勝
編集人　芳賀靖彦
企画・編集　目黒哲也
発行所　株式会社Gakken
〒141-8416 東京都品川区西五反田2-11-8
印刷所　中央精版印刷株式会社
DTP　株式会社 四国写研

想うた
Omouta
Kazu Kano
Makoto Shinohara

2025年2月11日 第1刷発行

お客様へ
［この本に関する各種お問い合わせ先］
○本の内容については、下記サイトのお問い合わせフォームよりお願いします。
https://www.corp-gakken.co.jp/contact/
○在庫については TEL03-6431-1201（販売部）
○不良品（落丁・乱丁）については TEL0570-000577
学研業務センター 〒354-0045 埼玉県入間郡三芳町上富279-1
○上記以外のお問い合わせは TEL0570-056-710（学研グループ総合案内）

学研グループの書籍・雑誌についての新刊情報・詳細情報は、下記をご覧ください。
学研出版サイト https://hon.gakken.jp/

NexTone　PB000055843号